Eric-Emmanuel Schmitt

Felix und die Quelle des Lebens

Aus dem Französischen von

Michael v. Killisch-Horn

Roman

PENGUIN VERLAG

Die Originalausgabe erschien 2019
unter dem Titel *Félix et la source invisible*
bei Éditions Albin Michel, Paris.

Penguin Random House Verlagsgruppe FSC® N001967

2. Auflage
Copyright © der Originalausgabe 2019 by
Éditions Albin Michel, Paris
Copyright © 2020 der deutschsprachigen Ausgabe
by C. Bertelsmann
in der Penguin Random House Verlagsgruppe GmbH,
Neumarkter Straße 28, 81673 München
Umschlag: bürosüd nach einem Entwurf semper smile, München
Umschlagmotiv: Tilly Willis, Seaside Solitude, 2006,
Privatsammlung © Tilly Willis/Bridgeman Images
Redaktion: Gerhard Seidl
Satz: Greiner & Reichel, Köln
Druck und Bindung: GGP Media GmbH, Pößneck
Printed in Germany
ISBN 978-3-328-10780-4
www.penguin-verlag.de

Derjenige, der gut hinschaut,
wird schließlich sehen.

Afrikanisches Sprichwort

1

»Merkst du denn nicht, dass deine Mutter tot ist?«

Mein Onkel deutete auf meine Mama, die groß, aufrecht und zu blass vor der Spüle stand und das Abtrocknen des Geschirrs beendete, indem sie den letzten Teller auf den Stapel stellte.

»Tot?«, murmelte ich.

»Tot!«

Der Onkel hatte das Wort mit seiner tiefen Stimme so heftig wiederholt, dass es die Küche erfüllte, an die Möbel stieß, von den Wänden abprallte, gegen die Decke schlug und schließlich durch das Fenster floh, um die Nachbarn anzugreifen; guttural, gellend, krächzend zersplitterte der Klang im Hof in tausend Echos.

Unter der schwankenden Glühbirne kehrte wieder Stille ein.

Das Krächzen hatte Mama nicht tangiert. Sie hatte währenddessen abwesend angefangen, die Untertassen zu zählen. Ich biss mir auf die Unterlippe bei dem Gedanken, sie könnte einen neuerlichen Anfall von *Zähleritis* haben – wenn sie in letzter Zeit eine Bestandsaufnahme machte, begann sie stundenlang immer wieder von vorn.

»Tot, mein Junge, eindeutig tot. Deine Mutter reagiert auf nichts.«

»Sie bewegt sich!«

»Du lässt dich von einem Detail täuschen. Ich kenne mich mit Leichen aus, ich habe bei uns Dutzende gesehen.«

»Bei uns?«

»Im Dorf.«

»Bei dir, meinst du! Für Mama und mich ist hier bei uns!«

»In diesem schrecklichen Mocheville?«

»Belleville! Wir wohnen im wunderschönen Belleville, Onkel!«

Ich hatte geschrien. Ich ertrug es nicht, dass mein Onkel verachtete, was mich mit Stolz erfüllte, Paris, die Krake, deren Tentakel ich war, die Hauptstadt Frankreichs, Paris mit seinen Prachtstraßen, seiner Périphérique, seinem Kohlendioxid, seinen Staus, seinen Demonstrationen, seinen Polizisten, seinen Streiks, seinem Élysée-Palast, seinen Grundschulen, seinen Gymnasien, seinen Autofahrern, die herumbellen, seinen Hunden, denen man das Bellen abgewöhnt hat, seinen heimtückischen Fahrrädern, seinen breiten Boulevards, seinen aschfarbenen Dächern, auf denen sich die grauen Tauben verstecken, seinen glänzenden Pflastersteinen, seinem stumpfen Asphalt, seinen lärmenden Geschäften, seinen Lebensmittelläden mit Abendöffnung, seinen Metroeingängen, seinen heftigen Kanalisationsgerüchen, seiner quecksilbern schillernden Luft nach dem Regen, seinen von der Luftverschmutzung rosa gefärbten Dämmerungen, seinen Straßenlaternen, seinen Nachtschwärmern, seinen Vielfraßen, seinen Pennern, seinen Betrunkenen. Was den Eiffelturm betrifft, unseren friedlichen

Riesen, den stählernen Aufpasser, der über uns wachte, so hatte jeder, der ihn nicht verehrte, meiner Meinung nach einen Tadel verdient.

Der Onkel zuckte die Achseln und fuhr fort: »Deine Mutter wurde nicht hier geboren, sie hat das Licht der Welt im Busch erblickt. Oh, ich liebe diesen Ausdruck, ›das Licht der Welt erblicken‹, wie gemacht für Fatou, die an einem brütend heißen Tag aus dem Bauch ihrer Mutter geglitten ist. Ich erinnere mich gut, ich habe geschwitzt wie ein Schwein. Und du, um welche Zeit bist du geboren worden?«

»Eine halbe Stunde nach Mitternacht.«

»Genau, wie ich mir gedacht habe: Du hast nicht das Licht erblickt, du hast die Nacht erblickt.«

Er kratzte sich am Kinn.

»Und wo?«

»Im Krankenhaus.«

»Im Krankenhaus! Im Krankenhaus, als hätte deine Mutter im Sterben gelegen … Im Krankenhaus, als wäre schwanger sein eine Krankheit … Krankenschwestern und Ärzte, das ist es, was du als

Erstes gesehen hast, was für ein Jammer! Mein armer Felix, ich frage mich, inwiefern du deine Mutter verstehen kannst.«

Tränen traten mir, ohne dass ich es ihnen erlaubt hätte, in die Augen. Das ärgerte mich. Genug! Keine Schwäche mehr! Es machte mir schon genug zu schaffen, ein zwölfjähriger Junge zu sein, da musste ich die Situation nicht noch schlimmer machen, indem ich zu einem heulenden Rotzlöffel mutierte ... Die Wut hielt meine Tränen zurück und erlaubte mir, spontan zu rufen: »Ich liebe meine Mama.«

Der Onkel legte mir eine Hand auf den Schädel; ich glaubte, er wollte mir das Gehirn zerquetschen, bis sich aus seiner Handfläche und seinen knotigen Gelenken ein Gefühl der Ruhe übertrug.

»Daran zweifle ich nicht, mein Junge. Aber lieben bedeutet nicht verstehen. Ist dir bewusst, dass deine Mutter in Schwierigkeiten steckt?«

»Natürlich! Deswegen habe ich dir ja geschrieben, Onkel, und dich angefleht, aus dem Senegal zurückzukommen.«

»Sehr gut. Sprechen wir von Mann zu Mann.«

Er setzte sich rittlings mir gegenüber auf den Stuhl und blickte mich ernst an.

»Was sagt der Arzt?«

»Dass sie unter einer Depression leidet.«

Onkel Bamba riss die Augen auf und rief: »Was ist das, eine Depression? So was haben wir in Afrika nicht.«

»Das ist eine Krankheit, bei der man niedergedrückt ist. Die Ärzte benutzen den Ausdruck ›Depression‹, wenn jemand plötzlich trübseliger ist als am Tag zuvor, ohne dass sich irgendetwas verändert hätte; die Lustlosigkeit belastet, überschwemmt und blockiert alles.«

»Welche Behandlung schlagen sie vor?«

»Antidepressiva.«

»Funktioniert das?«

»Das siehst du ja.«

Wir betrachteten Mama, die sich auf den Schemel gesetzt hatte – oder, besser, sich auf ihn hatte plumpsen lassen –, wie eine Puppe, die der Puppenspieler zurückgelassen hat, schlaffer Rumpf, gesenkte Schultern, nach hinten gekippte Hüften, verdrehte Beine, eingeknickter Nacken. Keinerlei Kraft hielt die Teile von Mama noch zusammen.

Onkel Bamba fuhr leise fort: »Falsche Diagnose. Ich garantiere dir, dass Fatou tot ist. Du wohnst mit dem Zombie deiner Mutter zusammen.«

»Hör auf!«

»Und ich beweise es dir. Was zeichnet einen Toten aus? Erstens, er hört nicht mehr.«

Der Onkel schlug mit der Faust auf den Tisch. Mama verzog keine Miene.

»Deine Mutter ist stocktaub.«

»Sie hat vielleicht Probleme mit den Ohren …«

»Zweitens, der Tote sieht nichts mehr, selbst mit geöffneten Augen nicht. Drittens, sein Blick wird leer.«

Ich musste zugeben, dass Mamas Augen, ebenso glasig wie die eines Fischs in der Auslage, nicht mehr Ausdruck hatten als eine Makrele auf einem Eisbett.

»Viertens, die Haut des Toten verändert ihre Farbe.«

Mit einer Handbewegung zu seiner jüngeren

Schwester wies der Onkel mich auf ihren gräulich-grünlichen Teint hin, der früher karamellfarben gewesen war. Er seufzte.

»Fünftens, der Tote nimmt von den anderen keine Notiz. Es gibt niemanden, der egoistischer ist als die Toten, echte Arschgesichter. Kümmert sie sich um dich?«

Ich wurde blass und protestierte: »Sie bereitet die Mahlzeiten zu, putzt die Wohnung …«

»Reflexhaft, aus Gewohnheit, wie ein Huhn, das weiterläuft, nachdem man ihm den Hals durchgeschnitten hat.«

Gesenkten Haupts gab ich ihm recht. Er setzte seine Aufzählung fort, indem er den Daumen seiner linken Hand hob: »Sechstens, der Tote spricht nicht. Wann hast du dich zuletzt mit deiner Mutter unterhalten?«

Erneut drangen die Tränen an den Rand meiner Wimpern. Obwohl er seine Liste gern weiter abgespult hätte, verzichtete der Onkel angesichts meiner Verzweiflung darauf. Er umklammerte meine Knie.

»Deine Mutter erweckt den Anschein, als würde sie leben, aber sie ist tot, Felix.«

Das Schluchzen wurde schlimmer; und diesmal ließ ich mich gehen. Ade, Ehre! Sei's drum … Nachgeben bestürzte und erleichterte mich; endlich teilte jemand die Sorge, die mich seit Monaten bedrückte, jemand fühlte sich betroffen, ich würde mich nicht mehr allein ängstigen müssen! Mamas Bruder benutzte zwar erschreckende Worte, sie quälten mich aber nicht so sehr, während er sie aussprach, sondern erst, als sie sich in meinen Gedanken festsetzten. Ja, der Onkel hatte recht: Ich hatte Mama verloren, sie hatte mich verlassen, ich wohnte bei einer Fremden. Wo wohnte diejenige, die mich im Stich gelassen hatte? Sie fehlte mir … Gab es sie noch irgendwo?

Zwischen zwei Schluchzern stammelte ich: »Kann man sie behandeln?«

»Man heilt die Lebenden, nicht die Verstorbenen.«

»Und?«

»Was?«

»Was machen wir?«

»Hm …«

»Nichts?«

»Wir erwecken sie wieder zum Leben!«

Der Onkel erhob sich, schlank, zu stolzer Größe, asphaltfarbene Haut, kohlrabenschwarzes Haar. Er streckte sich geschmeidig, ging zum Fenster, spuckte den Kautabak aus, auf dem er seit dem Dessert herumkaute – hoffentlich reinigte die Concierge nicht gerade die Mülleimer im Hof –, atmete tief die Nacht ein und rieb sich den Nacken. Ich erinnerte mich, dass man laut Mama diesen großen und dürren Athleten in seinem Dorf für einen unbezwingbaren, furchtlosen, erbitterten Krieger hielt, die letzte Rettung, wenn eine Tragödie aufflammte. Vertrauen! Auf keinen Fall seinem augenblicklichen Aussehen trauen, seinem Gebaren als großspuriger Afrikaner, seinem überkandidelten Stil, besonders an diesem Abend, an dem er über spitz zulaufenden karminroten Krokodillederschuhen einen kanariengelben dreiteiligen Anzug trug.

Er drehte sich ruhig zu mir um.

»Kennst du jemanden, der die Toten wieder zum Leben erweckt?«

»Nein.«

»Okay«, entgegnete er gelassen, »ich werde jemanden suchen. Wo hast du das Telefonbuch?«

»Das Telefon… was?«

»Das Telefonbuch. Das dicke Buch, in dem die Telefonnummern stehen. Das gelbe, dasjenige, das die Leute nach Berufen ordnet.«

»Aber … aber … das gibt es nicht mehr!«

»Ah?«

»Man benutzt das Internet.«

»Okay, kein Problem, dann gib mir deinen Computer.«

Seine Lässigkeit brachte mich auf die Palme. Ich schrie: »Verdammter Mist, Onkel! Wonach willst du denn suchen? Nach ›Wiedererwecker‹?«

Als Antwort lächelte er.

*

Jahrelang hatte Mama das genaue Gegenteil der Schwermut verkörpert, die sie heute abstumpfte. Lebhaft, sprühend, neugierig, strahlend, gesprächig, zwitscherte sie mit seidenweicher, fülliger, frischer Stimme, der ihr tropischer Akzent eine gewisse Weichheit verlieh, staunte, empörte sich, interessierte sich für alles, lachte über die meisten Dinge, küsste mich ab von morgens – wenn sie mich weckte und mir den Rücken massierte – bis abends – wenn sie mir genüsslich die Anekdoten des Tages erzählte, denn, so pflegte sie zu sagen, »man muss die Geschichten immer erzählen, bevor sie kalt werden«.

Mama betrieb das Café in der Rue Ramponneau in Belleville, ein schmaler Raum mit safrangelben Wänden, in dem sich die Anwohner der Nachbarschaft drängten. Sie war so umsichtig gewesen, ihr Café *Büro* zu nennen; auf diese Weise konnte ein Stammgast, der an der Bar mit seiner Ehefrau, seinem Ehemann, seinem Mitarbeiter, seinem Chef telefonierte, auf dessen Frage, wo er sich befinde, ganz offen antworten: »Im Büro.«

»So bleiben sie länger und konsumieren bei mir. Niemand traut sich, sie zu nerven oder etwas von ihnen zu verlangen, weil sie ›im Büro‹ sind.«

Mama verstand es, die Gegenstände, die Tiere und die Leute einzuschätzen. Dank dieser Gabe vermied sie die Fallen des Lebens. Nachdem sie das Bistro eröffnet hatte, hatte sie sofort das Schild *WC* von der betreffenden Tür gerissen und den Hinweis *In Ruhe allein* angeklebt. Der Katze des benachbarten Kramerladens, ein rotbrauner Kater mit dichtem Fell, der eingerollt an der Kasse lag und die Kunden belästigte, indem er sie viermal in der Minute annieste, hatte sie den Namen *Hatschi* gegeben, ein Spitzname, der sofort von den Käufern angenommen wurde. Während sie sich vor Lachen bogen, apostrophierten sie den Kater von nun an so, anstatt sich wie vorher über ihn zu ärgern, und freuten sich, dass Hatschi gemäß seiner namengebenden Neigung nieste.

Auf die gleiche Weise hatte Mama die Lesben von der Rue Bisson gerettet, zwei mürrische Dreißigjährige von stattlicher Figur, deren offen ausgelebte Beziehung die Flegel, von denen es selbst in unserem Viertel jede Menge gab, zu abfälligen Kommentaren veranlasste. Mama hatte die Lesben ohne ihr Wissen *Schneeweißchen und Rosenrot* getauft, eine Bezeichnung, die sich rasch verbreitete und ein spontanes Lächeln auf die Gesichter derer zauberte, die den beiden Frauen begegneten – ein Lächeln, das sie im Lauf der Zeit schließlich erwiderten. Wer konnte sich die Rue Ramponneau jetzt noch ohne Schneeweißchen und Rosenrot vorstellen? Man hätte sich über ihr Verschwinden im Rathaus beschwert! Durch die Kraft des Namens hatte Mama ihre Beziehung zu einer ebenso legitimen wie amüsanten gemacht.

Wie eine gute Fee machte sie das Leben im Viertel schöner. Ihre Begabung für die Macht der Worte hatte sogar einen Stammgast unserer Bar aus seiner Isolation geholt: die zerbrechliche Mademoiselle Tran, eine bezaubernde Eurasierin mit mahagonifarbener Iris, viel zu zurückhaltend, um auf irgendjemanden zuzugehen, die täglich kam, um einen Fingerhut Sake zu genießen. Eines Samstags, als Mademoiselle Tran sich mit dem ausgelassenen Welpen, den sie gerade erworben hatte, an die Bar geschlichen hatte, hatte Mama ihr vorgeschlagen, ihn *Monsieur* zu nennen.

»*Monsieur*?«

»Ja, *Monsieur*! Folge meinem Rat, du wirst sehen.«

Mademoiselle Tran hatte gehorcht, ohne zu verstehen, und seitdem war sie umringt von Männern. In den Straßen, in denen sie mit ihrem Pudel Gassi ging, ohne ihn an der Leine zu führen, rief sie den Kläffer mit hoher Stimme: »Monsieur, Monsieur!« Und das Ergebnis? In dem Glauben, von der verführerischen jungen Frau gerufen zu werden, eilten die Männer der Umgebung augenblicklich zu ihr, entdeckten ihren Irrtum, lachten lauthals, erröteten, streichelten das Tier, da sie ja nicht einfach Mademoiselle Tran streicheln konnten, und begannen ein Gespräch. Sie erfreute sich jetzt eines eindrucksvollen Hofs von Verehrern, aus dem sie sich eines Tages, das lag auf der Hand, einen Mann wählen würde.

»Aber mein Meisterwerk bist du, mein Felix«, wurde Mama nicht müde zu wiederholen.

Sie hatte mich Felix genannt, überzeugt, dass mein Vorname – *felix* bedeutet *glücklich* auf Lateinisch – mir ein glänzendes Schicksal bescheren würde.

Sie hatte ohne Frage recht … Wir beide waren glücklich in unserer Mansardenwohnung im sechsten Stock des Hauses, in dem sich das Bistro befand.

Mama zog mich allein auf, denn sie hatte mich mit dem Heiligen Geist gezeugt.

Dass sie mich mit dem Heiligen Geist gezeugt hatte, kam mir sehr gelegen. Es brauchte keinen Vater zwischen ihr und mir. Sie verschwand zwar gelegentlich zwei oder drei Stunden zu einem Liebhaber, aber zu Hause zwang sie mir kein männliches Wesen auf. So weit ich mich zurückerinnern kann, habe ich immer gewusst, dass ich ihr Ein und Alles war; bereits als Säugling habe ich diese Herausforderung angenommen: Ich schenkte ihr meine vorbehaltlose Liebe.

In Belleville wusste jeder, dass sie mich mit dem Heiligen Geist gezeugt hatte, da sie nicht müde wurde, es den Nachbarn, den Gästen, den Lehrerinnen, den Schülereltern und meinen Kameraden immer und immer wieder zu erzählen. Nachdem die Verblüffung abgeklungen war, beneideten sie mich um diese Abstammung; manche nannten mich manchmal aus Spaß Jesus, was ich gutmütig zuließ, ich war ja kein Spielverderber und fand es verständlich, angesichts eines so außergewöhnlichen Falls die wenigen Vorgänger zu erwähnen.

Es bestand kein Zweifel daran, dass Mama mich mit dem Heiligen Geist gezeugt hatte, da es einen offiziellen Beweis gab: Der Heilige Geist hatte mich in meiner Geburtsurkunde anerkannt. Ja! Er hatte sich persönlich im Rathaus eingefunden. Danach haben wir ihn allerdings nie wiedergesehen.

Félicien Saint-Esprit, mein Erzeuger, von den Antillen, Kapitän eines Handelsschiffs, hatte vor dreizehn Jahren eine Woche in Paris verbracht und mich mit Mama gemacht. Neun Monate später war er zurückgekommen, um mich auf dem Standesamt anzuerkennen. Danach hatte meine Mutter ihm unsere neue Adresse verschwiegen. »Schluss! Kein weiterer Bedarf mehr für einen Besamer. Nicht, dass er noch Zuneigung entwickelt …«

Sie betrachtete die Männer mit dem Blick eines Fußballtrainers, der seine Spieler nach ihrer Eignung für die ihnen zugedachte Aufgabe auswählt. Was in diesem engen Rahmen echte Begeisterung nicht ausschloss. »Einem Schöneren als dem Heiligen Geist bin ich nie begegnet«, rief meine Mutter oft, »überall schön. Du wirst es ja bald bemerken, wenn du genauso schön wie er geworden bist.«

Mein Erzeuger fehlte mir nicht, weil ich mich als Erwachsener in meinem Spiegelbild an ihm ergötzen würde und vor allem weil Mama für mich der Nordpol, der Südpol, der Äquator, die Tropen in einem war …

Die Familie? Mamas Gäste, die nicht einen Tag vergehen ließen, ohne sich die Kehle anzufeuchten im Bistro, die mich, wenn ich aus der Schule kam, wie eine Großmutter, ein Bruder, eine Tante zu Hause empfingen; sie plauderten mit mir, manche nur kurz, andere länger, erkundigten sich nach meiner Gesundheit, nach der Schule. Dank Mamas Beruf hatte ich eine große Familie.

Den ersten Platz dieser Stammgäste nahm Madame Simone ein. Madame Simone zu beschreiben ist leicht: Sie wirkte *verbraucht*. Ihre Haut, durchscheinend, bräunlich, welk, war von Falten zerfurcht, während die Jahre ihre Zähne und ihre Hornhaut gelb gefärbt hatten. Wie alt sie war? »Gar nicht so alt!«, pflegte Mama denen zu antworten, die sie danach fragten. Madame Simone wirkte auch durch einen unbarmherzigen Feind *verbraucht*, die Schwerkraft; das Fleisch ihres Körpers drückte ihre gebeugte Gestalt nieder, ihr Haar hing schlaff herunter, ihre Lider wurden schwer, ihre Mundwinkel hingen nach unten, ihr Kinn purzelte in Kaskaden abwärts, ihre Wangen hingen. Und schließlich wirkte sie *verbraucht* durch die Sorgen, denn Scherereien waren fürwahr kübelweise über ihr ausgekippt worden.

Man muss wissen, dass Madame Simone eine

Hure und ein Mann war. Oder besser, wenn man die Reihenfolge der Ereignisse respektiert, ein Mann und eine Hure.

Das muss ich erklären. In ihrer Kindheit hatte Madame Simone Jules geheißen. Dieser Jules hatte sich als Opfer eines grundlegenden Fehlers empfunden: Er hatte den Körper eines Jungen geerbt, obwohl er sich innerlich als Mädchen fühlte. Trotz seiner weiblichen Vorlieben und weiblichen Körpersprache hatte man Jules das Gegenteil eingeredet und ihm verboten, Röcke zu tragen. Man hatte ihm die Haare geschnitten, die er als Zöpfe tragen wollte. Man hatte ihn gezwungen, mit tiefer Stimme zu reden, und von ihm als Jungen gesprochen. Und da er sich gewehrt hatte, hatte man ihn bestraft, verspottet, beschimpft, kurz, man hatte seine innersten Überzeugungen mit Füßen getreten. Obwohl er sich danach gesehnt hatte, ein Mädchen zu sein, hatte Jules immer nur kämpfen müssen, außer bei seiner Tante Simona, einer von der Familie geschmähten Exzentrikerin, die seine Launen zuließ, wenn er bei ihr war. Nach zwanzig Jahren des Kampfs gegen seine Eltern, seine Brüder, seine Schwestern, seine Kameraden, seine Nachbarn, seine Lehrer hatte Jules die Stadt Luchon verlassen. In Paris hatte er Jules gegen Simone getauscht, hatte sich nach seinen Träumen gekleidet, frisiert, geschminkt und niemanden aus seiner Vergangenheit je wiedergesehen.

Man hätte hoffen können, dass das Drama mit diesem glücklichen Ausgang sein Ende finden würde. Weit gefehlt. Die Tragödie fing erst an ... Madame Simone hatte das Aussehen einer Frau angenommen, aber nicht das einer hübschen Frau. Männlich oder weiblich, sie blieb hässlich. Ihren plumpen Gesichtszügen fehlte es an Symmetrie, ihr schütteres Haar baumelte schlaff an ihrem Kopf, während starker Bartwuchs ihre Wangen ab mittags bläulich schimmern ließ und zu zwei Rasuren am Tag zwang. Was ihren Körper betraf, so erinnerte er an einen geschlossenen Koffer. Nur ihre Knöchel waren schmal und anmutig; doch zu Mamas Bedauern besaß sie davon nur zwei.

Abgesehen davon, dass sie nicht Gefahr lief, einen

Liebhaber abzubekommen, verfügte sie auch nicht über die Summe Geldes, die es ihr erlaubt hätte, die Natur mithilfe der Chirurgie zu korrigieren. Zumal man ihr nicht gestattete, ihren Lebensunterhalt zu verdienen. Wenn ein Chef, der sie hätte einstellen können, in ihrem Lebenslauf entdeckte, dass seine künftige Sekretärin Jules hieß, runzelte er die Stirn, sah sich die Bewerberin noch einmal an, bemerkte die Haare, die ab 15 Uhr die dicke Make-up-Schicht durchbrachen, und richtete, besorgt um seine Seelenruhe und beunruhigt wegen der Reaktionen seines Personals, sein Augenmerk auf eine andere Kandidatin. Desgleichen für eine Stelle als Kassiererin. Desgleichen für einen Posten in der Verwaltung. Desgleichen für alles und überall. Madame Simone war entsetzt!

Anfangs hatte sie das Hindernis unterschätzt und am Hungertuch genagt oder, wie Mama es plastisch ausdrückte, »eine tollwütige Kuh gefressen«, ein Ausdruck, den ich als Kind wörtlich verstand und mir Madame Simone vorstellte, wie sie mit einem Lasso verrückte Kühe fing, die sie mit dem Messer zerteilte, bevor sie sie roh verschlang. Im Grunde habe Madame Simone sich, wie Mama erklärte, von Krümeln ernährt, um eine Ausbildung zur Buchhalterin zu beenden, ihr zweiter Ehrgeiz nach der Weiblichkeit! Doch obwohl sie ihr Diplom bravourös erworben habe, habe leider kein Arbeitgeber sie anschließend angestellt, und dies aus den gleichen Gründen wie zuvor.

Enttäuscht hatte Madame Simone sich daher entschlossen, zu machen, was die Transsexuellen, die von der Gesellschaft zurückgewiesen werden, eben machen: auf den Strich zu gehen.

Ich denke, dass es diese Unabänderlichkeit ist, die sie so verbraucht hatte. Auf den Strich gehen, obwohl sie Sex hasste. Auf den Strich gehen, weil man ihr nur das erlaubte. Auf den Strich gehen, während sie davon träumte, Buchprüferin zu werden.

Missmutig, mit sorgenvollem Blick und gesenktem Kopf kam sie jeden Abend ins *Büro*, bevor sie zu ihrer Arbeit ging. Ihr nächtlicher Arbeitsplatz war der Bois de Boulogne. Die Stammkunden des Cafés, die über ihren Beruf Bescheid wussten, fragten sich, wie sie es mit einer solchen Visage anstellte, Freier anzulocken, ausstaffiert mit jammervollen Kleidern aus dunklen Stoffen, die ihr schmeichelten wie ein Sack. Sie sahen in ihr nur eine alte Jungfer, die auf dem Markt Lauch einkaufen geht.

»Die Dunkelheit kaschiert nicht alles! Fatou, wie alt ist Madame Simone?«

»Gar nicht so alt!«

»Sie sollte sich sexy zurechtmachen.«

»Ein beinloser Krüppel wird niemals Hochsprung machen.«

»Trotzdem … Man könnte glauben, sie will nicht!«

Hilfsbereit, besorgt um das Glück der anderen, hatte Mama sich eines Morgens eingemischt, als Madame Simone sich beklagte, dass in der Zeit, in der die brasilianischen Transvestiten sich Dutzende Freier angelten, sie nur zwei abschleppte; sie hatte ihr geraten, Kleidung zu tragen, die sie zur Geltung brächte.

»Fatou«, hatte Madame Simone erwidert, »ich danke dir, dass du dir um mich Sorgen machst. Im

Gegensatz zu dir kann ich nicht gegen die schönen Mädchen antreten, seien sie falsch oder echt. Ich habe nur eine Nische entdeckt, in der ich Erfolg haben kann: die Hausfrau, die die Wechseljahre hinter sich hat. Die Kerle wählen mich, weil ich unattraktiv, unscheinbar und schlecht angezogen bin. Solange ich ihrer Tante, ihrer Frau, ihrem Dienstmädchen ähnele, bezahlen sie mich, damit ich mit ihnen mache, was ihre Tante, ihre Frau, ihr Dienstmädchen nicht mit ihnen machen würden.«

»Das habe ich immer gesagt«, schloss Mama beruhigt. »Wenn die Konkurrenz wächst, muss man sich spezialisieren!«

Sie stießen an.

Ich mochte Madame Simone sehr. Oder, besser, ich mochte es sehr, ihr ein Lächeln zu entlocken. Damit mir das gelang, hatte ich einen Trick gefunden: Ich bat sie, mir bei den Hausaufgaben zu helfen. Sie war eine gute Schülerin gewesen, daher triumphierte sie über die Konjugationen, schwebte über den Rechtschreibproblemen und glänzte in Mathematik. Beim Anblick einer Addition, einer

Multiplikation, einer Subtraktion leuchteten ihre Augen; wenn ich ihr Gleichungen vorlegte, jubelte sie; ich gebe zu, dass ich ihr Ratlosigkeit vorspielte, damit sie mir als verhinderte Buchhalterin voller Begeisterung wieder und wieder die Subtilitäten des Rechnens erklärte. Dank dieses Spiels zwischen uns war ich schließlich, fast gegen meinen Willen, ein ausgezeichneter Schüler geworden, und wenn Mama ihr meine Noten zeigte, errötete Madame Simone, als hätte sie diese Ergebnisse erzielt.

»Was willst du später einmal werden, mein kleiner Felix?«, erkundigte sie sich eines Samstags, als sie und Mama entzückt mein Zeugnis lasen.

»Ich schwanke zwischen Gangster und Anwalt.«

»Ah!«, riefen sie verdutzt.

»Ja, ich schwanke noch.«

»Zwei sehr unterschiedliche Optionen«, äußerte Madame Simone schulmeisterlich.

»Gar nicht so sehr. In beiden Fällen interessiert mich das Recht. Handels- und Strafrecht.«

»Trotzdem«, fuhr Madame Simone fort, »überrascht mich dein Schwanken ...«

»Ich weiß. Logischer wäre es, mich auf Gangster zu beschränken, das bringt mehr ein. Dennoch sage ich mir von Zeit zu Zeit, dass es im Leben nicht nur ums Geld geht.«

»Ach ja, das sagst du dir?«, sagte Mama und lachte.

»Nicht oft, aber es kommt vor.«

Madame Simone sah Mama stolz an und murmelte: »Gar nicht so dumm, dein Felix.«

Unter den Stammgästen des Bistros, die zu Onkeln und zu Tanten für mich wurden, thronte Monsieur Sophronides, der Philosoph. Klein, pausbäckig, glatzköpfig und mit mächtigem Bauch, rührte er sich nicht mehr von seinem Barhocker, sobald er sich daraufgewuchtet hatte, und von seinem Hochsitz aus kommentierte er das Kommen und Gehen der Gäste, die Veränderungen des Viertels und das politische, wirtschaftliche und soziale Tagesgeschehen. Wenn man ihm zuhörte, beging die Menschheit nur Dummheiten, verabschiedete unvernünftige Gesetze, wählte korrupte Primitivlinge und verwüstete den Planeten; man hatte auch den Eindruck, dass sie sich absichtlich täuschte, indem sie ihn nicht beachtete, während sie doch blühen und gedeihen könnte, wenn sie ihm nur gehorcht hätte. Als ich klein war, verehrte ich Monsieur Sophronides so sehr, dass ich mich fragte, warum die Präsidenten Frankreichs oder der Vereinigten Staaten, die deutsche Kanzlerin, der König von Belgien, der Zar von Russland nicht in das Bistro in der Rue Ramponneau eilten, um sich täglich von ihm, diesem Weisen der Weisen, beraten zu lassen. Mit der Zeit hatte sich in mir der Verdacht geregt, sein Glanz könnte von einer planmäßigen Empörung herrühren und seine Autorität weniger einer intellektuellen Überlegenheit als einer Vorliebe für das Anschwärzen zu verdanken sein. Ich verdanke es ihm jedenfalls, dass ich ihn heute so schildere, denn er hat mir seinen kritischen Blick angedreht.

Mademoiselle Tran, von der ich bereits gesprochen habe, spielte die Rolle einer schweigsamen, charmanten, ständig lächelnden großen Schwester, die regelmäßig einen Kussmund und runde

Augen machte und einen heiseren Laut – rrrrho – von sich gab, wenn sie einen neuen Stift, einen neuen Pullover, das neueste Paar Schuhe bewunderte. Ihre Begeisterung galt uneingeschränkt den Gegenständen, vor allem wenn sie der neuesten Mode entsprachen. Ich liebte es, wenn diese Konsumexpertin meine Kleidung, meine Armbänder, meine Schulranzen, meine Federmäppchen, meine Hefte guthieß.

Und schließlich war da noch Robert Larousse.

»Es gibt niemanden, der schüchterner ist«, behauptete Mama. »Außer vielleicht bei den Schmetterlingen …«

Robert Larousse schien fähig zu sein, jeden Augenblick ohnmächtig zu werden. Alles berührte ihn zutiefst. Selbst wenn man ihn flüsternd ansprach, zuckte er zusammen. Wenn man ihn grüßte, errötete er. Wenn man ihm ein Glas brachte, stotterte er vor Dankbarkeit. Wenn man die Wasserspülung hinter der Tür zog, hörte er die Niagarafälle und wäre jedes Mal am liebsten geflohen. Ein Flügelschlag in seiner Nähe war für ihn wie der Ausbruch des Vesuvs. Daher versuchten wir, ihn so wenig wie möglich zu stören, was in einem so gut besuchten Café nicht einfach war.

Vor und nach seiner Arbeit – er reparierte Staubsauger – kam er mit Mäuseschritten ins Bistro, setzte sich an einen Tisch ganz hinten, neben dem *In Ruhe allein*, öffnete ein Wörterbuch, so breit wie seine schmächtige Brust, und lernte es auswendig. Das war das Ziel, das er sich gesetzt hatte: das komplette Wörterbuch auswendig kennen.

Wir bewunderten ihn dafür. Seien wir ehrlich, wir benutzten das Wörterbuch nur, um unverständliche Vokabeln erklärt zu bekommen. Er hatte beschlossen, dass ihm eines künftigen Abends kein Wort mehr unverständlich sein würde. Er prägte sich eine halbe Seite pro Tag ein, sechs Tage in der Woche – den Sonntag gönnte er sich, um zu Hause zu wiederholen.

Madame Simone hatte nicht umhingekonnt nachzurechnen.

»Sein Wörterbuch hat 2722 Seiten. Bei einer halben Seite pro Tag sechsmal in der Woche wird er

5444 Sitzungen brauchen. Da er dieser Tätigkeit 313 Sitzungen pro Jahr und 52 Wiederholungssitzungen widmet, wird er siebzehneinhalb Jahre brauchen, um zu wissen, was *Zickzack* oder *Zipfel* bedeutet.«

Er hatte vor acht Jahren begonnen.

Ebenso wie sein Projekt beeindruckte uns seine Beharrlichkeit. Wenn wir ihn in seine Spalten mit Definitionen vertieft sahen, sahen wir keine abgemagerte Feldmaus mit spitzer Nase, farblosem Schnurrbart und kurzsichtigen Augen, gefangen im engen Kreis seiner runden Brillengläser, sondern einen Helden, der die Grenzen des Unmöglichen verschob.

Seine wahre Identität kannten wir nicht, weil meine Mutter ihn einst so angesprochen hatte: »Wie geht es, Monsieur Larousse?«

Er hatte zu zittern begonnen.

»Oh, das verdiene ich nicht, das verdiene ich nicht …«

»O doch! Sie und Ihr Larousse sind ja schon eins geworden.«

Er beugte den Nacken, am Boden zerstört, die Hände ringend.

»Das ist ein Robert …«

Mama lachte laut auf.

»Dann werde ich Sie Robert Larousse nennen!«

Er hob den Kopf, Tränen in den Augen.

»Das verdiene ich nicht, das verdiene ich nicht …«

Seit jenem Wortwechsel hatte er diesen Spitznamen gebilligt, der ihm über die Maßen gefiel und bei dessen Nennung ihn jedes Mal ein Schauer über den Rücken lief. Die Unbescheidenheit, ihn anzunehmen, rechtfertigte er, indem er flüsterte: »Eines Tages … eines Tages …«

Er beendete den Satz nicht, zu aufgewühlt von der Aussicht dieses Erfolgs.

Um sich zu entspannen, nahm er manchmal auf seine ganz eigene Weise an den Gesprächen teil. Eines Morgens beispielsweise, als unser Philosoph, Monsieur Sophronides, meiner Mutter gegenüber behauptet hatte, dass es keinem Menschen jemals gelungen sei, ein Attentat auf Hitler zu verüben, und dass der Diktator sich selbst den Tod gegeben habe in seinem unterirdischen *Blockhaus* in Berlin, hatte sich die schwache Stimme von Robert Larousse von seinem Tisch im Hintergrund aus vernehmen lassen.

»*Blockhaus*, Nomen, maskulin, Ende 17. Jahrhundert, deutsch, aus *Block* und *Haus*. Kleines militärisches Schutzbauwerk, erbaut aus Balken und Rundhölzern oder verstärkt durch Beton. Synonyme: *Bunker, Kasematte, Festung*.«

Er hatte das reflexhaft zitiert. Monsieur Sophronides, der dadurch unterbrochen worden war und fürchtete, seine universelle Kompetenz würde infrage gestellt, hatte ihn von seinem Hocker herab verächtlich gemustert.

»Was?«

Zitternd stammelte Robert Larousse: »Ich nehme an, dass man in diesem Fall besser das Wort *Bunker* benutzen sollte.«

»Ach ja?«

»Sehr geschützte Kasematte. Deutsch. Kann unterirdisch sein.«

»Wie auch immer, Hitler hat Selbstmord begangen, etwa nicht?«, brüllte Monsieur Sophronides.

»Das … das … das weiß ich nicht. Ich lerne nicht das Wörterbuch der Eigennamen auswendig.«

»Dann treffen wir uns beim nächsten Wörterbuch wieder!«

Monsieur Sophronides frohlockte, und Robert Larousse verbarg bleich und am Boden zerstört seine Scham und vertiefte sich wieder in sein Buch.

Hat man sich jemals überlegt, wo die Gefahr lauert?

Kann man sich vorstellen, was unser Leben zerstören wird?

Ich hatte nichts geahnt. Ich hatte das Gefühl, unser Leben würde immer so weitergehen, fröhlich, drollig, zärtlich, bis zu dem Tag, an dem ich – so spät wie möglich – unsere Wohnung verlassen würde, um mit meiner Frau zusammenzuleben, einer Frau, die ich noch nicht kannte, die aber, bereits geboren, irgendwo in Gestalt eines Mädchens herumlief. Ich würde Mama Kummer bereiten, indem ich sie verließ; ich ahnte nicht eine Minute, dass ich schon bald weinen würde, weil Mama mich im Stich lassen würde. Sich zurückziehen und gleichzeitig bei mir bleiben würde.

Wie es dazu kam?

Alles begann mit dem *Feigenparadies*, dem Kramerladen neben dem *Büro*. Der langsame und gewissenhafte Monsieur Tchombé, Inhaber des Geschäfts seit dreißig Jahren, ein Koloss in blauem Kittel, dessen Haut schwärzer als schwarz war, hatte begonnen, mehr zu husten, als seine Katze Hatschi nieste. Mama, die ihn schätzte, hatte, alarmiert von ihrem sechsten Sinn, der Krankheiten erspürte, sofort einen Termin bei einem Arzt für ihn vereinbart und ihn gezwungen hinzugehen. Gut beobachtet: Monsieur Tchombé litt an Lungenkrebs, den er der braunen filterlosen Zigarette verdankte, die, seit ich ihn kannte, an seiner Unterlippe klebte. Dieser Einzelgänger vertraute sein Unglück nur Mama an: Dem Arzt zufolge habe er nur noch ein, zwei Monate zu leben.

Dank eines Spezialisten, dessen Adresse sie hatte – Mama notierte alle Informationen, die sie in ihrem Café hörte –, kam Monsieur Tchombé in den Genuss einer ganz neuen Behandlung, die den tödlichen Ausgang hinauszögern und ihm erlauben sollte, seinen Laden geöffnet zu halten – sein Stolz, ja sein Lebenszweck bestand darin, die Kunden »sieben Tage die Woche, dreihundertfünfundsechzig Tage im Jahr« zu empfangen. Und er überlebte tatsächlich. Jeden Morgen gebrochener, abgezehrter, aschfarbener, überlebte er … Am Abend erkundigte Mama sich diskret nach seinem Ergehen, indem sie ihm die Gerichte brachte, die sie für ihn gekocht hatte.

Je länger diese Gnadenfrist dauerte, desto kreidebleicher wurde Monsieur Tchombé, sodass Blödmänner aus dem Viertel sich über ihn lustig machten, indem sie andeuteten, er habe die *Michaeljacksonitis* bekommen, die Manie, sich die Haut zu bleichen. Monsieur Tchombé erwiderte nichts, Mama ebenfalls nicht. Nur ich wusste Bescheid.

Er trotzte der Krankheit seit einem Jahr.

Eines Samstags klopfte er gegen 22 Uhr an unsere Wohnungstür. So erschöpft wie er war, wirkte er wie sein eigenes Negativ. Da er es ablehnte, sich zu beklagen, und noch weniger wünschte, bedauert zu werden, gab er seinem Besuch einen geschäftlichen Anstrich; er schlug Mama vor, ihr das *Feigenparadies* zu überlassen.

»Entweder betreibst du es weiter als Kramerladen oder du benutzt es, um dein Café zu erweitern. Du könntest ein Restaurant eröffnen. Ich habe ausgerechnet, dass du fünfzig Gedecke unterbringen würdest, wenn du beide Flächen zusammenlegst.«

Um ihr zu danken, dass sie sich so um ihn kümmerte, bot er Mama einen verlockenden Preis an. Nach einem Anfall von Unwohlsein, mehreren Gläsern Wasser und zehn Minuten, die er brauchte, um wieder zu Atem zu kommen, entschuldigte er sich für seine Beharrlichkeit.

»Wenn du auf meinen Tod wartest, Fatou, wirst du viel mehr bezahlen. Die Vorstellung, mein Geld meinen Neffen in den Rachen zu werfen, diesen Faulenzern, die sich ruinieren, indem sie den lieben langen Tag Gras rauchen, zerreißt mir bereits die Eingeweide. Aber der Gedanke, dass sie dir noch mehr Geld aus der Tasche ziehen, kotzt mich an.«

Meine Mutter schlief wenig in dieser Nacht. Sie hatte das Café ein Jahr nach meiner Geburt mit dem Erbe ihrer Eltern und einem zusätzlichen Kredit gekauft. Heute, da sie ihrer Bank nichts mehr schuldete, hatte sie den anderen wie sich selbst ihre Fähigkeit bewiesen, ein Geschäft zu führen. Vielleicht war der Augenblick gekommen, sich in ein neues Abenteuer zu stürzen.

Als wir am Morgen unsere Schokolade tranken, fragte sie mich um Rat oder, besser, hielt einen vierstündigen Monolog vor mir. Ohne selbst eine Meinung zu haben, versuchte ich zu erkennen, was Mama wollte, und ermunterte sie, mir alles darzulegen. Nach einer Stunde hatte sie Ordnung in ihre Gedanken gebracht.

»Ein Lebensmittelgeschäft führen. Auf keinen Fall. Ich hätte keine Zeit mehr, die Gäste zu empfangen, mit ihnen zu reden. Der Umgang mit Dingen ist etwas für wortkarge Menschen wie Monsieur

Tchombé; ich liebe den Umgang mit Leuten. Und sieben Tage die Woche, dreihundertfünfundsechzig Tage im Jahr geöffnet zu haben, das ist die reinste Hölle! Ein Restaurant aufmachen? Nein, da sterbe ich lieber! Zu viel Arbeit, zu viel Druck, zu viel Stress. Entweder rackere ich mich am Herd zu Tode, oder ich bringe den Koch um, der mir auf die Eier gehen wird.«

»Mama, zu deiner Information, du hast keine Eier.«

»Nerv mich nicht! Soll ich sie dir zeigen?«

»Dann sagst du Monsieur Tchombé also ab?«

»Ich werde zusagen.«

»Aber …«

»Weil ich eine dritte Lösung gefunden habe! Es fehlt mir unten an Platz, ich träume manchmal davon, die Wände zu versetzen. Ich verkaufe mein Lokal, kaufe mit diesem Geld und einem Darlehen das Geschäft nebenan und verlege das *Büro* dorthin. Wir vergrößern das Café, mein Felix, und behalten unsere Stammgäste und unsere Adresse. Was meinst du?«

»Genial!«

Ich war begeistert, denn ihr Plan gewährleistete, worauf es mir ankam: Fast nichts würde sich ändern. Mama verbrachte die drei folgenden Stunden damit, ihre großartige Eingebung wiederzukäuen. Darin blieb die Bewohnerin von Belleville Senegalesin. Wer der Meinung ist, dass eine Unterhaltung beendet ist, wenn das Wesentliche gesagt ist, kennt das afrikanische Palaver nicht … Das Skelett der Ideen muss mit Fleisch, Kleidern, Farben umhüllt werden, andernfalls zerfällt es zu Staub, und das erreicht man, indem man die Töne, die Rhythmen, die Worte, die Ausdrücke variiert und die Ideen von links, von rechts, von oben, von unten in den Blick nimmt, sie singt, flüstert, skandiert, herausschreit, bis sie die vertraute Dichte der Lebenden angenommen haben.

Als sie sich unterbrach, um das Mittagessen zu machen, hatte der Entwurf der Zukunft eine solche Tiefe erlangt, dass ich – glaubte ich –, wenn ich die Treppen hinuntergehen würde, das neue *Büro* betreten würde.

Weil sie einen ausgeprägten Familiensinn hatte, verkündete Mama ihren Plan den Stammgästen, ohne die Krankheit von Monsieur Tchombé zu erwähnen.

»Bravo!«, rief Madame Simone.

»Rrrrho!«, stimmte Mademoiselle Tran voller Bewunderung ein.

»Das nennt man kühn«, erklärte Monsieur Sophronidcs. »Was für ein unternehmerischer Wagemut in einem Land, wo man jede Initiative ausbuht!«

»Ich gebe zu, dass es riskant ist«, erwiderte Mama verschämt, mit gesenktem Blick.

»Riskant: von *riskieren*. Handlung, Meinung, die so merkwürdig, so schwierig ist, dass sie etwas von einer Wette, einer Herausforderung hat.«

»Jetzt schnappt es über, unser Wörterbuch!«, entgegnete Madame Simone. »Das ist im Gegenteil ein sorgfältig abgewogener Schritt. Man verkauft, man kauft, man entwickelt sich. Mit den zusätzlichen Einnahmen kann das Darlehen schnell zurückgezahlt werden.«

In unserem Alltag wirkte dieser Plan wie Hefe im

Brot: Aufgegangen, größer und höher geworden, sahen Mama und ich uns schon als Könige der Rue Ramponneau, ja als Prinz und Prinzessin von Belleville. Nicht ein Tag ging zu Ende, ohne dass wir Details hinzufügten – Geschirr, Gläser, Farbe der Wände, Bezüge der Stühle, Fotos, Poster –, die unsere Ungeduld noch steigerten.

Mama sagte Monsieur Tchombé zu und klebte einen Zettel auf unser Schaufenster: *Zu verkaufen.*

Die Angebote ließen nicht lange auf sich warten. Innerhalb einer Woche meldeten sich acht potenzielle Käufer.

»Jetzt sind wir reich, mein Felix, reicher, als ich dachte!«

Diese Flut von Interessenten berauschte Mama, die sich darüber freute, als schickte man sich an, ihr das Achtfache zu bezahlen.

Sie entschied sich für Aram Vartanian, einen Schuster, geschätzt im Viertel, den sie für geeignet hielt, ihr Nachbar zu werden.

»Der Arme, bis jetzt arbeitete er in einem Raum nicht größer als ein Schuhkarton!«

Damit begann die Katastrophe.

Ein Mann in den Vierzigern in einem dunklen Anzug tauchte an einem Mittwochnachmittag im Café auf, unheimlich und steif, wie eine ausgestopfte Schwarzdrossel.

»Madame Fatou N'Diaye?«

Mama hörte auf, die Gläser abzutrocknen, und schob ihm einen Stuhl hin.

»Paul Vourtich, Notar. Ich vertrete Monsieur Aram Vartanian.«

»Willkommen. Sie bringen mir den Verkaufsvorvertrag?«

Er schluckte.

»Es gibt ein Problem, Madame N'Diaye. Ich habe mich an die Notarkammer gewandt: Sie können Ihr Lokal nicht verkaufen.«

Mama brach in Gelächter aus.

»Und wer sollte mich daran hindern?«

»Das Gesetz. Als Sie Ihr Café erworben haben, hatte sein Besitzer eine offene Steuerschuld.«

»Und?«

»Wir haben im Hypothekenregister die Eintragung eines Urteils gegen den Verkäufer zugunsten des Staats gefunden, das vor Gericht anerkannt worden ist. Das Geld aus dem Verkauf würde dem Staat zufallen.«

»Und?«

»Der Staat hat damals seine Schuld nicht eingefordert, und der damalige Notar hat den Vertrag ausgestellt, ohne es zu erwähnen.«

»Und inwiefern betrifft das mich?«

»Wenn Sie dieses Lokal auf den Markt bringen, muss der Verkäufer die Verkaufssumme an den Staat überweisen.«

»Was? Nicht ich schulde dem Staat Kohle, sondern der vorherige Besitzer.«

»Gewiss.«

»Er muss seine Schuld zurückzahlen.«

»Er hat sich in Luft aufgelöst. Und der Staat nimmt das Recht für sich in Anspruch, der Ansicht zu sein, dass diese Summe ihm zusteht, da sie ihm bereits damals zustand.«

»Der Staat hätte sie ja einfordern können!«

»Genau! Das hat er versäumt.«

»Und der Notar hätte das ausdrücklich in den Vertrag mit aufnehmen müssen.«

»Sie haben auch diesmal recht: Wir haben in diesem Fall zwei Nachlässigkeiten zu beklagen, die des Staats und die des Notars.«

»Dann sind sie also die Verantwortlichen.«

»Dieses Argument könnte man im Prozess geltend machen ...«

Mama erschauderte.

»Prozess? Was für ein Prozess? Wer wird diesen Prozess anstrengen?«

»Sie, wenn Sie Ihr Café verkaufen wollen.«

»Ich verkaufe mein Café!«

»Kein Notar wird sich bereit erklären, den Vertrag aufzusetzen. Ich nicht und auch kein anderer.«

»Was?«

»Ich habe Monsieur Vartanian heute Morgen davon informiert. Natürlich zieht er sein Angebot zurück. Die Sache stinkt gewaltig.«

Das fatale Wort war gefallen. Mama brauste auf: »Mein Café stinkt? Hinterhältigkeit? Verschleierung? Betrug? Ich bin immer ehrlich gewesen, ich habe meine Gäste bedient, ich habe meine Steuern und Abgaben bezahlt. Und jetzt soll ich die Steuern der anderen entrichten! Mein Café stinkt? Wenn hier was zum Himmel stinkt, dann ist es dieser Iltis von Notar, der schludrig gearbeitet hat, oder der Schuft, der mit meinem Geld abgehauen ist. Tut mir leid, Monsieur, aber mein Café duftet, weil ich es führe.«

»Sehr gut, Madame, ich lasse Sie allein in Ihrem duftenden Café.«

Er ging hinaus, würdevoll, mit geschwellter Brust und übermäßig hinausgestrecktem Hintern.

Mama drehte sich zu mir um.

»Was für ein Clown! Glaubst du ihm, Felix? Glaubst du ihm?«

Ich antwortete mit einer ratlosen Miene. Ich hatte nichts verstanden – oder, besser, was ich mitbekommen hatte, kam mir so absurd, so falsch vor, dass ich der Meinung war, nichts verstanden zu haben.

Wir blieben an diesem Mittwoch im *Büro*, ich schrieb meine Hausaufgaben ins Reine, und Mama putzte, während sie ungeduldig auf die Stammgäste wartete, um ihnen von diesem unglaublichen Gespräch zu erzählen.

Alle Gäste reagierten auf die gleiche Weise: mit Verweigerung.

»Haarsträubend!«, jaulte Robert Larousse, stolz, dieses Adjektiv angebracht zu haben.

Mademoiselle Tran fasste die Auslassungen des Notars zusammen, indem sie mit ausgestrecktem Zeigefinger auf ihre Schläfe zielte. Monsieur Sophronides nutzte die Gelegenheit, um sich in eine Hasstirade gegen die justizunabhängigen und justizabhängigen Amtspersonen, diese diebischen Elstern, die es auf Erbschaften abgesehen hatten, diese Geier, diese Aasfresser zu stürzen, die eine halbe Stunde dauerte und uns sehr amüsierte. Kein Zweifel, sie habe es mit einem Irren, einem Idioten, einem Betrüger zu tun gehabt, da in seiner Geschichte nicht ein vernünftiger Satz zu finden sei.

Madame Simone, die als Letzte gekommen war, nahm die Sache ernst: »Ich fürchte, dieser Notar ist kein Spinner, meine liebe Fatou. *Erstens*, Notar ist kein Beruf, der Verrückte anzieht – diese ziehen es vor, Napoleon, Christus oder Pharao zu werden –, *zweitens*, er erfordert Menschen, die absolut keine Fantasie haben. Dieser Maître Vourtich beschreibt dir eine Situation, die so verrückt ist, dass er sie nicht erfunden haben kann.«

»Simone, Sie wollen diesen vereidigten Kojoten doch nicht etwa verteidigen!«, tobte Monsieur Sophronides.

»Ich, der man von Amts wegen verweigert, mein Geschlecht und meinen Namen in meinen Personalausweis einzutragen, werde diese Leute sicher nicht verteidigen, diejenigen, die die schmutzige Arbeit verrichten, die Jünger einer dummen Gesetzgebung! Allerdings erreicht die Situation in diesem Fall ein solches Niveau von Blödheit, dass sie schon wieder glaubhaft wird. Hat jemand zufällig einen Anwalt in seinem Bekanntenkreis?«

»Ich«, rief Mademoiselle Tran. »Ein Freund von Monsieur.«

»Monsieur wer?«

»Mein Pudel.«

»Ach ja … Kennt dein Pudel ihn gut?«

»Ja.«

»So gut, dass man ihn um einen kleinen Gefallen bitten kann?«

»Vermutlich.«

»Wie heißt er?«

»Ich weiß nicht. Sein Hund heißt Hercule. Ein blonder Labrador. Sehr sympathisch.«

»Schenk dem Besitzer von Hercule ein nettes Lächeln und schlage ihm vor, herzukommen und uns mit seinem juristischen Wissen zu erleuchten.«

Wir warteten zitternd, während die Hunde die Rinnsteine unsicher machten und Mademoiselle Tran dem Maître ein Treffen abnötigte.

Schließlich teilte sie uns mit, dass Roger Courtefil am Freitag um 19 Uhr zu uns käme.

Vor der Krisensitzung ließ Mama das Rollo herunter, um die Zuhörer auf die Stammgäste des Bistros zu beschränken. Sie schaltete das Radio aus, löschte die Deckenleuchten und ließ nur das Neonlicht der Bar an, das eine trübselige Helligkeit verbreitete. Dann befahl sie uns, uns um eine große Tafel zu setzen, die sie aus den kleinen Bistrotischen gebildet hatte. Als Einziger, der keine Überraschung angesichts dieser Inszenierung erkennen ließ, trat Roger Courtefil ein, ein Mann in den Vierzigern, in einem dreiteiligen Anzug und mit klaren Gesichtszügen über einem aufgedunsenen Körper, der die liebenswürdige Mademoiselle Tran sehr zu schätzen schien.

Mithilfe der Dokumente, die sie besaß, schilderte Mama, wie sie das Café vor elf Jahren erworben hatte, sowie das Gespräch mit Notar Vourtich, den sie *Wurmstich* nannte. Der Anwalt notierte sich ein paar Worte in einer unleserlichen Schrift; nach drei Fragen erklärte er, dass er zwar auf Scheidungen spezialisiert sei, aber trotzdem bereit sei, ein paar Anrufe zu tätigen.

Er rief den Notar von Aram Vartanian an, den er *Maître Wurmstich* nannte – was Mama diebisch freute – und dem er sich schroff als »Maître Courtefil, Anwalt von Madame Fatou N'Diaye« vorstellte – was Mademoiselle Tran mit Stolz erfüllte. Zunächst rüde und in scharfem Ton, zwang er den

Notar, Rede und Antwort zu stehen, verlor dann einiges von seiner Herablassung, sprach immer weniger, stammelte ein paarmal »natürlich« und betitelte den Gesprächspartner am anderen Ende der Leitung unterwürfig mit »verehrter Maître« hier und »geschätzter Maître« dort.

Diese Änderung seiner Haltung verwirrte uns.

Roger Courtefil machte gleich darauf einen zweiten Anruf. Mit einem seiner Kollegen, den er duzte und *mein Alter* nannte und den er fragte, ob er mit derartigen Fällen schon zu tun gehabt hätte. Sein Gesicht verdüsterte sich. Als er aufgelegt hatte, kratzte er sich am rechten Knie, zögerte, dachte nach, betrachtete Mademoiselle Tran, die ihn mit einem wohlwollenden Lächeln ermunterte, und wählte dann eine weitere Nummer.

»Meine Exfrau«, erklärte er und senkte die Lider.

Mit gerunzelter Stirn und honigsüßer Stimme wechselte er ein paar banale Sätze mit ihr, erkundigte sich nach der Gesundheit mehrerer Personen, kommentierte ein Wochenende, einen Urlaub und kam als Letztes auf Mamas Problem zu sprechen. Seine Exfrau antwortete praktisch in einem Atemzug; er schwieg und hörte ihr ein paar Minuten zu, dankte ihr, versprach zwei oder drei Dinge, die mit dem Fall nichts zu tun hatten, und beendete das Gespräch.

Er betrachtete Mama.

»Vergessen Sie es.«

»Was?«

»Sie werden nichts erreichen. Behalten Sie Ihr Café. Halten Sie die Füße still. Kein Geräusch, keine Bewegung. Benehmen Sie sich so unauffällig wie möglich.«

»Aber ich mache mit meinem Café, was ich will, ich habe es bezahlt!«

»Niemand wird es wagen, es Ihnen abzukaufen, denn er würde riskieren, zweimal bezahlen zu müssen, einmal an Sie, einmal an den Staat.«

»Jetzt hört's aber auf …«

»Die einzige Lösung besteht darin, einen Prozess anzustrengen.«

»Gegen wen?«

»Gegen den Notar, der gestorben ist. Eigentlich gegen seinen Nachfolger.«

»Und werde ich gewinnen?«

»Hm … Das ist nicht sicher. Die einzige Gewissheit: Das wird Jahrhunderte dauern und Sie ein Vermögen kosten. Drei Jahre Minimum. Fünf Jahre realistisch. Und Sie die Hälfte der Kosten!«

Mama begann vor Verzweiflung zu brüllen, Beleidigungen auszustoßen, den Himmel anzurufen, zu jammern, zu schluchzen. Madame Simone eilte zu ihr, um sie zu umarmen, Robert Larousse sprang mit einem Glas Wasser herbei, und Mademoiselle Tran gab ihre asiatische Zurückhaltung auf und schimpfte den Anwalt auf Vietnamesisch aus, während Monsieur Sophronides wetterte: »Was für ein Skandal! Über eine solche Frau herzufallen! So ein wunderbares Wesen! Der beste Mensch, dem ich auf Erden begegnet bin! Schurkischer Staat, bestechliche Justiz, verfaulte Gesellschaft.«

Und ich drückte mich an Mamas Hüften und umklammerte sie, als könnte sie mich vor dem heftigen Kummer beschützen, den ich ihretwegen empfand. Ich wünschte mir, sie möge aufhören, zu schreien, Beleidigungen auszustoßen, Tränen zu vergießen.

An diesem Nachmittag drückte sie ihr Unglück auf gesunde, sehr gesunde Weise aus. Ich konnte nicht voraussehen, dass ich eines Tages bedauern würde, dass Mama nicht mehr weinte, nicht mehr brüllte, nicht mehr das Universum anrief.

Denn dieses Drama spielte sich noch in der guten alten Zeit ab, nur wusste ich das damals nicht …

In der folgenden Woche verfiel Mama, nachdem sie das Schild *Zu verkaufen* aus dem Fenster genommen hatte, in eine ungewöhnliche Manie, die des Zählens. Anfänglich ermutigt von Madame Simone, die ihr ihre Unbekümmertheit vorgeworfen hatte, machte sie sich daran, die Anzahl der täglichen Gäste, der Kaffees, der Achtel Wein, der Gläser Schnaps und der Gläschen Likör in ein Heft zu schreiben. Da ihr das nicht genügte, begann sie, die Papierservietten, die sie ihren Gästen gab, die Erdnüsse, die sie auf jede Untertasse legte, und die

Geschirrtücher und Schwämme, die sie benutzte, zu zählen, und dann maß sie die tägliche Menge an Flüssigseife, Reinigungsmittel und Entkalker ab und schätzte die Liter für die Wasserspülung und die Kilowatt fürs Licht. Als ich mich darüber wunderte, antwortete sie mit verzerrtem Gesicht: »Ich bin zu naiv gewesen. Man wird mich nicht mehr aufs Kreuz legen.«

Im ersten Augenblick dachte ich, dieses allgemeine numerische Misstrauen, eine einfache Folge des Schocks, würde nicht lange anhalten, aber der Kreis der Berechnungen erweiterte sich. Sie zählte jetzt, wie oft sie Guten Tag, Guten Abend und Danke sagte, notierte, wie lange jeder Gast auf einem Stuhl ihres Lokals saß, schätzte die Dauer der Gespräche, die nötig waren, um ein Getränk zu verkaufen oder sich beim Getränkehändler mit Nachschub zu versorgen, und rechnete die Minuten aus, die sie dem Müll, dem Lüften und dem Putzen widmete.

Wirklich beunruhigt war ich, als ich, wieder in der Wohnung, Münzrollen unter meinen Unterhosen entdeckte und feststellte, dass sie jeden Abend das Geld aus der Kasse nach oben brachte, um es zwischen unserer Wäsche zu verstecken.

»Mama, du solltest dieses Bargeld auf die Bank bringen.«

»Schluss. Kein Vertrauen mehr. Übrigens, schau mal.«

Sie führte mich in die Küche und öffnete das Gefrierfach des Kühlschranks. Statt der üblichen Eis- oder Sorbetdosen erblickte ich Bündel von Geldscheinen, die notdürftig von Plastiktüten umhüllt waren.

»Ich habe meine Ersparnisse abgehoben und mein Bankkonto gekündigt.«

»Mama, das ist gefährlich!«

»Gefährlich ist, an die Ehrlichkeit des offiziellen Systems zu glauben. Meine Kohle hat nichts mehr zu befürchten, nicht mal einen Stromausfall.«

Eine Aussicht quälte sie inmitten all dieser Vorsichtsmaßnahmen: Monsieur Tchombé die schlechte Nachricht mitteilen zu müssen.

»Oh, mein Felix, im Augenblick schiebe ich es vor mir her. Aber der Unglückliche wundert sich, dass ich dicht an den Mauern entlanggehe und nur kurz bei ihm hereinschneie.«

An dem Morgen ermutigte ich sie, so wie sie es gemacht hatte, als ich Angst vor einer Erdkundeprüfung gehabt hatte.

»Du musst ihm ja nicht alles erzählen, Mama. Sag ihm einfach nur, dass du nicht die Mittel hast, sein Angebot anzunehmen.«

»Das wird er mir nicht abkaufen.«

»Behaupte, dass die Bank dir den zusätzlichen Kredit verweigert.«

»Er wäre imstande und geht mit dem Preis runter, um mir entgegenzukommen. Und was antworte ich dann?«

»Schon gut, schon gut. Am besten erklärst du ihm die Situation.«

»Das wird eine große Enttäuschung für ihn sein!«

Ich stimmte zu, ohne ihr zu sagen, dass sie ihre Verbitterung auf den Gemischtwarenhändler projizierte.

Ich schob sie aus der Wohnung, und bedrückt, mit feuchten Händen und kurzatmig ging sie hinunter zum *Feigenparadies* wie eine Verurteilte auf dem Weg zum Schafott.

Eine halbe Stunde später zerriss mir ein schriller Alarm beinahe das Trommelfell. Als ich mich aus dem Fenster beugte, erkannte ich Feuerwehrmänner, Sanitäter und einen Krankenwagen auf der Straße.

Ich rannte in die Rue Ramponneau hinunter.

Eine Trage, auf der Monsieur Tchombé mit geschlossenen Augen, leichenblass, erstarrt unter einer goldenen Rettungsdecke lag, rollte an mir vorbei und wurde in den Krankenwagen geschoben. Die Ambulanz brauste davon.

Ich fand Mama auf der Schwelle des *Feigenparadieses*, gegen die Tür gelehnt; sie kam mir ebenso bleich wie Monsieur Tchombé vor, ihre Haut hatte die Farbe von Efeu im Winter.

»Hat er einen Schwächeanfall gehabt?«

Sie reagierte nicht.

»Mama, geht es dir gut?«

Sie zuckte mit keiner Wimper.

Ich packte sie am Arm und schüttelte sie heftig.

»Mama! Mama!«

Sie löste sich aus ihrer Erstarrung und schien meine Anwesenheit wahrzunehmen. Während Tränen aus ihren verstörten Augen, mit denen sie mich anstarrte, quollen, berührte sie mit ihrer Handfläche leicht meine Wange.

»Ich habe ihn getötet.«

»Was?«

»Als er begriffen hat, dass ich ihm seinen Kramerladen nicht abkaufen würde, hat er nach Luft geschnappt, sich mit der Hand an die Brust gegriffen und ist zusammengebrochen. Ich habe ihn getötet!«

»Er war krank, Mama. Er wäre vermutlich schon vor Monaten gestorben, wenn du nicht eingegriffen hättest. Dank dir hat er durchgehalten, du hast ihn zu Spezialisten gebracht, du hast dich um ihn gekümmert.«

»Er würde noch leben, wenn ich ihn nicht im Stich gelassen hätte.«

Ich protestierte: Die Rettungssanitäter hätten einen leblosen Monsieur Tchombé mitgenommen, keine sterbliche Hülle. Ich bemühte mich mit allen Kräften, Mama davon abzubringen, ihn für tot zu halten und sich die Schuld zu geben.

Leider informierte man uns im Café, dass Monsieur Tchombé auf dem Transport ins Krankenhaus verstorben sei.

An dem Tag schloss Mama das *Büro* und verkroch sich in ihrem Zimmer.

Am nächsten Morgen arbeitete sie wieder, ohne ein Wort zu sagen. Die Stammgäste des Bistros taten aus Mitgefühl so, als bemerkten sie nichts, und verhielten sich ganz normal.

»Rhooo!«, rief Mademoiselle Tran bewundernd, als sie sah, dass Mama ein drittes Heft vollschrieb.

»Wir sollten daran denken, deine Einkommenssteuererklärung zu machen, Fatou«, sagte Madame Simone, nachdem sie das Datum bemerkt hatte.

Mama warf ihr einen vernichtenden Blick zu.

Von dem Augenblick an unterhielten sich die Stammgäste nur noch untereinander.

Als ich aus der Schule heimkam, sagte Mama endlich einen Satz.

»Wie alt bist du, Felix?«

Überrascht von der Frage, da wir gerade meinen Geburtstag gefeiert hatten, antwortete ich: »Zwölf.«

»Sei genau.«

»Zwölf Jahre und einen Monat.«

»Sicher?«

Ich rechnete rasch nach.

»Zwölf Jahre und dreiunddreißig Tage.«

»Na bitte!«

Mit rotem Gesicht polierte sie die Bar mit ihrem Lappen.

»Wenn man zwölf Jahre und dreiunddreißig Tage alt ist und von der Schule heimkommt, was macht man?«

Ich lief zu ihr. Sie hob ihren Lappen, warf mir einen entsetzten Blick zu und bremste mich in meinem Schwung.

»Auf keinen Fall. Wasch dich vorher. Du bist ganz schwarz.«

»Ich?«

»Dreckig wie der Kamm eines Clochards. Los, unter die Dusche.«

Mit gesenktem Kopf verließ ich das Café; Mama hatte mich zum ersten Mal zurückgestoßen. Vor dem Spiegel versuchte ich, Spuren von Schmutz an mir oder meiner Kleidung zu erkennen. Vergeblich. Aber egal, ich gehorchte.

Als ich wieder herunterkam, schien sie die Auseinandersetzung vergessen zu haben und war ganz zappelig vor Ungeduld.

»Ah, Felix, da du zwei Beine hast, besorg mir rasch Javelwasser, ich hab keins mehr.«

Von seiner Bank aus ließ sich Robert Larousse vernehmen.

»Javel (eau de): von Javel, Dorf, heute Stadtviertel von Paris, in dem sich eine Fabrik für Chemikalien befand. Wässrige Lösung aus Hypochlorit und Natrium- oder Kaliumchlorid, verwendet als Reinigungsmittel, Bleichmittel und Antiseptikum.«

Mama horchte bei einem der Begriffe auf.

»Bleichmittel, sagen Sie?«

Sie dachte nach. Während ich einen Geldschein

68

aus der Kasse nahm, fragte ich sie: »Wo bekomme ich das Javelwasser?«

»Was für eine Frage! Im Kramerladen nebenan.«

»Er ist geschlossen, Mama.«

»Geschlossen? Das soll wohl ein Witz sein! Monsieur Tchombé schließt nie. Geöffnet sieben Tage in der Woche, dreihundertfünfundsechzig Tage im Jahr. Ach übrigens, bitte ihn doch …«

Sie wurde sich ihres Irrtums bewusst und erstarrte. Ihre Lider zuckten und vergrößerten auf erschreckende Weise das Weiß ihrer Augen, während ihre Lippen zitterten.

Verlegenes Schweigen erfüllte den Raum.

Madame Simone beugte sich über den Tresen zu Mama und nahm ihre Hand.

»Die Beerdigung findet morgen statt. Cimetière de Belleville. Haltestelle Télégraphe. Ich geh hin. Willst du mich begleiten?«

Mama flüsterte in einem Atemzug: »Weißt du es denn nicht? Ich habe ihn getötet.«

Madame Simone hielt die Hand, die Mama ihr entziehen wollte, fest.

»Ganz sicher nicht. Du bist ein mitfühlender Mensch, unfähig, irgendjemandem etwas anzutun.«

Mama befreite ihre Hand und blickte Madame Simone an.

»Bis jetzt habe ich das auch geglaubt. Ich habe eine Menge dummes Zeug geglaubt. Aber jetzt ...«

Sie schien sich an etwas Wichtiges zu erinnern, vollführte eine Drehung, um hinauszustürmen, und brach ohnmächtig hinter der Bar zusammen.

Das war das letzte Mal, dass sie einen Satz sagte.

Die Stammgäste beschlossen, Mama und mir zu helfen, diese Hölle durchzustehen.

Mit dem Verstummen kamen Mama nicht nur die Worte abhanden, sie verlor auch ihre Neugier, ihre Aufmerksamkeit für die anderen und ihre Energie. Ihr Körper veränderte sich innerhalb einer Nacht: Seine Anmut verwandelte sich in eine gewisse Reizlosigkeit. Während dieser plötzlichen Verwandlung erlosch ihr Blick, ihre Hornhaut wurde glasig, und die Haut verlor ihren Glanz.

Ihr Verstand schien durch ein Programm ersetzt worden zu sein, das bewirkte, dass sie ihre Aufgaben mechanisch erledigte. Sie stand auf, wusch sich, bereitete unsere Mahlzeiten zu, ging hinunter, um im Café zu arbeiten, kam in der Dämmerung wieder herauf und legte sich ins Bett. Ihr wächserner Körper ließ keinerlei Empfindung, keinerlei Gefühl erkennen.

Während sie weiterhin wie besessen zählte – stumm –, entwickelte sie eine weitere Obsession, diejenige der Sauberkeit. Morgens und abends befahl sie mir, sobald sie mich sah, mit einer Geste, unter die Dusche zu gehen und mich gründlich einzuseifen. Gelegentlich kam sie in unser enges Badezimmer, um mit strengem Blick zu überprüfen, dass ich ihr gehorchte. Anschließend murrte sie, enttäuscht vom Ergebnis. Im Bistro interessierte sie sich nur noch dafür, Staub zu wischen, zu schrubben, zu putzen und zu scheuern. Sie deckte sich in einer Drogerie in der Rue des Couronnes mit Javelwasser ein, transportierte es literweise auf ihrem Rücken und wischte dann mehrmals am

Tag den Boden, die Stühle, die Tische und den Bürgersteig. Die Gästezahl ging dramatisch zurück, so sehr überlagerte der stechende Chlorgeruch alles, die Wohlgerüche der Getränke ebenso wie den Kaffeeduft, und verlieh dem Lokal die strenge, aseptische Atmosphäre eines Krankenhauses.

Ich begleitete Madame Simone, als sie mit Mama zu einem praktischen Arzt ging, der eine Depression diagnostizierte und Pillen verschrieb. Mit seiner eintönigen Stimme und seinem trübseligen Aussehen vermittelte er den Eindruck, die Situation für so harmlos zu halten, dass seine Apathie mich beruhigte. Beim Hinausgehen beugte Madame Simone sich zu mir.

»Hast du das Gesicht von dem Quacksalber gesehen? Was denkst du?«

»Na ja …«

»Erschreckt seine Fresse dich nicht? Also allein vom Anblick krieg ich schon 'ne Depression.«

»Da ist was dran …«

»Seine Pillen oder Hasenkötel, die Wirkung ist sicher die gleiche. Wenn seine Antidepressiva funktionieren würden, würde er doch sicher nicht so ein Gesicht machen, oder? Ein so trostloser Typ mit einer schwermütigen Zackenbarschvisage, der dir kleine Pillen aufschwatzt, die dich wieder zum Lächeln bringen sollen und dir Magenkrämpfe verursachen, dem trau ich nicht eine Sekunde!«

Sie blieb stehen, um nachzudenken. Mama, die unserer Unterhaltung nicht folgte, aber bemerkt hatte, dass wir nicht weitergingen, stellte sich brav vor ein Schaufenster, das sie mit leerem Blick betrachtete. Madame Simone fasste mich am Arm.

»Habt ihr Familie?«

»Sie sind alle tot. Es gibt nur noch Onkel Bamba.«

»Ihr Bruder?

»Ihr großer Bruder. Sie schreiben sich.«

»Kennst du ihn?«

»Nein.«

»Wo wohnt er?«

»Im Senegal.«

»Ganz schön weit weg ... Benachrichtige ihn. Bitte ihn zu kommen.«

»Okay.«

Sie dachte nach und atmete tief ein.

»Du musst maßlos übertreiben.«

»Wie bitte?«

»Übertreibe maßlos, damit er antanzt. Mach ihm ordentlich Angst. Behaupte, dass deine Mutter sich in einem schrecklichen Zustand befindet!«

»Sie befindet sich in einem schrecklichen Zustand!«

Madame Simone sah mich augenzwinkernd an.

»Du bist ja gar nicht so blöd.«

»Ab und zu reden Sie mit mir, als wäre ich ein zwölfjähriges Kind. Ich bin zwölf, okay, aber ich bin zuallererst ich.«

»Gut gesagt. Auch ich wusste mit zwölf, was ich wollte.«

»Ah!«

»Ja, es war ein roter Schottenrock. Mit anderen Worten, man ist bereits bei klarem Verstand in deinem Alter.«

Wieder zu Hause, schrieb ich einen langen Brief an Onkel Bamba, dessen Mut Mama einmal erwähnt hatte.

Als ich die Adresse auf den Umschlag schrieb –
»33, rue YF-26, die ockerfarbene Villa mit den Bou-
gainvillen gegenüber dem Verkäufer von Baum-
wollstoffen, Dakar, Senegal« –, hatte ich das Gefühl,
eine Flasche in einen glatten, stillen Ozean zu werfen; sie würde nie ankommen.

Zu meiner großen Überraschung rief Onkel
Bamba sechs Tage später an. Mit fröhlicher Stimme, die nicht recht zur Situation passte, begrüßte
er mich, lachte die ganze Zeit, während er mit mir
plauderte, und posaunte lautstark, das treffe sich
gut, er müsse sowieso nach Paris. »Bizness! Bizness!«

Eine Woche später lernte ich Onkel Bamba kennen.

Als er im *Büro* aufkreuzte, schlank, schick, in
einem nachtblauen karierten Anzug, mit Krawatte
und Handschuhen und einem Borsalino auf dem
Kopf, kam ich nicht im Geringsten auf die Idee, dass
er es sein könnte, sondern dachte, dieser Gast würde in den angesagten Medien arbeiten. Er blickte
Mama an, breitete die Arme aus und rief: »Fatou!«

Mama richtete einen leeren Blick auf ihn.

»Fatou, Liebling!«

Sie wandte sich ab und fuhr fort zu putzen.

»Fatou, ich bin's, Bamba!«

Sein Gesicht, das in einem breiten Lächeln erstrahlte, zeigte, dass er diese Gefühlskälte nicht glauben konnte.

Er näherte sich Mama, verbeugte sich schelmisch und versuchte, ihre Aufmerksamkeit zu erregen. Unglücklicherweise hatte sie angefangen, die Erdnüsse zu zählen, was bedeutete, dass die Welt für sie nicht mehr existierte.

Er wandte sich mir zu.

»Felix?«

»Onkel?«

Entzückt hob er mich hoch und drückte mich an sich. Die Zärtlichkeiten eines Mannes nicht gewohnt, bemerkte ich, dass sein Oberkörper nach Vanille duftete.

»Ich dachte nicht, dass es so schlimm ist«, flüsterte er und setzte mich ab.

»Doch.«

»Arbeitet sie denn?«

»Madame Simone geht ihr zur Hand, um das Schlimmste zu verhindern.«

Seit einer Woche hatte Madame Simone, bestürzt über Mamas schlafwandlerisches Verhalten, im Bois de Boulogne aufgehört, war die ganze Zeit im Café, nahm die Bestellungen entgegen, servierte, kassierte und unterhielt sich mit den Gästen, während Mama in aller Ruhe abstaubte und mit reichlich Wasser den Boden und den Bürgersteig wischte.

Onkel Bamba betrachtete Madame Simone, nahm seinen Hut ab, verbeugte sich tief und küsste ihr die Hand.

»Danke, liebe Madame Simone. Danke im Namen unserer Familie.«

Verblüfft über seine Höflichkeit, murmelte sie: »Ach, kommen Sie, das ist doch normal.«

»O nein! Das spricht für Ihr gutes Herz. Durch und durch Königin, haben Sie das Privileg, die Anmut des Geistes mit der des Körpers zu vereinen, und Sie schenken sie uns. Wir werden Ihnen immer unendlich dankbar dafür sein, Madame Simone. Nicht wahr, Felix?«

Madame Simone, der es gewöhnlich nicht an Schlagfertigkeit mangelte, war sprachlos.

Onkel Bamba beugte sich zu mir.

»Was mache ich mit meinem Gepäck?«

Er deutete auf vier riesige Überseekoffer, die auf dem Bürgersteig standen. Angesichts meiner Verblüffung erklärte er: »Ja, ich schaffe es allmählich, mich zu beschränken. Jedes Jahr reise ich mit leichterem Gepäck.«

»Unsere Wohnung ist winzig.«

»Keine Sorge, Felix, wir werden uns schon arrangieren.«

Innerhalb einer Stunde gelang es ihm tatsächlich seine Kleidung, seine Kopfbedeckungen und seine Schuhe komplett in meinem Zimmer unterzubringen und die Koffer in den Keller zu stellen. Er deutete auf das Sofa im Wohnzimmer und teilte mir mit, dass er dort schlafen werde – wo hätte er sich auch sonst hinlegen sollen, außer auf die Fußmatte –, zog sich um und verlieh, jetzt in Kanariengelb gekleidet, weiterhin seiner Freude Ausdruck, hier zu wohnen.

Am Spätnachmittag stellte ich ihm, während Mama die Toiletten mit Javelwasser bearbeitete, die Stammgäste des Bistros vor. Sie beschrieben ihm Mamas Zustand und schilderten, wie es zu diesem Abbau gekommen war. Jeder gab seinen Kommentar ab.

»Die Gesellschaft erlässt immer mehr Gesetze, damit die Politiker die Bürger davon überzeugen, dass sie sich um sie sorgen. Dabei schränken sie unsere Freiheit ein und schaffen Sackgassen, wie die, in der sich unsere arme Fatou befindet. Eine Situation … eine Situation …«

»Kafkaesk«, flüsterte Robert Larousse, der beim Buchstaben K angekommen war.

»Kafkaesk, genau!«, stimmte Monsieur Sophronides zu, der immer gern das letzte Wort hatte.

Onkel Bamba hörte jedem zu, bezauberte jeden und sparte nicht mit Liebenswürdigkeiten Mademoiselle Tran, Monsieur Sophronides und Robert Larousse gegenüber, wandte sich aber die ganze

Zeit immer wieder, mit Augen, die funkelten wie Diamanten, Madame Simone zu, um sich vor ihr zu verbeugen, sie zu preisen und ihr seine Bewunderung zum Ausdruck zu bringen. Dieses Übermaß an Huldigungen verwirrte sie; Onkel Bamba hatte ihre Uneindeutigkeit ganz offensichtlich nicht bemerkt und bestürmte sie mit seiner Ritterlichkeit.

Als wir uns am Abend trennten, näherte sich Bamba ihr mit seinem strahlendsten Lächeln.

»Und wie geht es Monsieur Simon, Madame Simone?«

Sie war wie vor den Kopf geschlagen.

»Monsieur Simon?«

»Monsieur Simon, der Herr, der das Glück genießt, seine Tage ... seine Nächte ... mit Ihnen zu teilen. Ich beneide ihn, wissen Sie, ich beneide ihn! Der glückliche Ehemann!«

Erleichtert errötete sie. Da sie nicht wagte, uns anzusehen, senkte sie den Blick und stammelte: »Es gibt keinen Monsieur Simon.«

»Ah!«

»Er ... er ... er ist tot.«

»Oh, tut mir leid! Mein herzliches Beileid. Schon lange?«

»Seit zehn Jahren«, erwiderte Madame Simone auf gut Glück, fast versagte ihr die Stimme.

Onkel Bamba nahm ihre Hand so behutsam, als griffe er nach einer kostbaren Blume.

»Ich spürte, dass es eine gewisse Sehnsucht in Ihnen gibt, etwas anderes, so etwas wie einen geheimen Kummer.«

»Von wegen!«, rief Madame Simone unbeherrscht.

»Wie bitte?«

Sie fasste sich wieder und fügte mit hoher Stimme hinzu: »Sie haben schon verstanden, mein Lieber.«

Als Onkel Bamba auf die Straße hinausging, um zu rauchen, wandte Madame Simone sich drohend mir zu.

»Dem Ersten, der ihm die Wahrheit sagt, reiße ich die Haare aus der Nase.«

»Rrrrho«, sagte Mademoiselle Tran, in der diese Bemerkung eine großartige Erinnerung zu wecken schien, vielleicht an einen vietnamesischen Brauch ...

Um Mitternacht verkündete Onkel Bamba in unserer winzigen Küche seine Diagnose; seiner Meinung nach sei meine Mutter gestorben und müsse wieder zum Leben erweckt werden.

Nachdem er eine Stunde auf meinem Computer herumgetippt hatte, wandte er sich triumphierend an mich.

»Also, ich habe für morgen einen Termin für uns gemacht.«

Am Samstag kamen wir, Mama, Onkel und ich, gegen Mittag mit der Metro in Barbès an. Neu in Paris, rief Onkel Bamba, beeindruckt von dem metallischen Lärm, den Vibrationen des Zugs, den Hochbahnen, den vorbeifliegenden Eisenträgern und den hohen Geländern, die uns auf dem Bahnsteig erwarteten: »Das ist ja wie der Eiffelturm hier!« Auf der Rolltreppe verteilten Inder Prospekte; am Ausgang gaben Afrikaner uns andere, zur Seite gestoßen von Arabern, die uns Goldketten anboten.

Eine turbulente, geschäftige, bunte Menschenmenge umgab uns. Die Passanten liefen sowohl auf der Straße als auch auf den Bürgersteigen, was mich überraschte, aber nicht den Onkel. Wir bogen in eine Gasse, in der er auf ein schiefes Haus deutete, das so mitgenommen wirkte, dass ich es nicht für besonders schlau hielt, es zu betreten.

Wir stiegen eine schmale Holztreppe hinauf, bedeckt mit Linoleum, das wie Holz aussah und sich ablöste; im dritten Stock, in dem es nach Ragout stank, drückte der Onkel auf eine schmutzige Klingel.

Ein Mann in traditioneller afrikanischer Tracht öffnete uns und betrachtete uns kühl.

»Professor Koutoubou?«, fragte der Onkel.

Der andere bewegte kaum den Kopf.

Der Onkel insistierte: »Bamba, ich habe den Termin per Internet bestätigt.«

Der Professor presste seine nachtblauen Lippen zusammen, musterte uns unfreundlich und trat fast widerwillig beiseite, um uns hineinzulassen.

»Warten Sie hier!«

Er deutete auf einen Raum am Ende der kurzen Diele. Drei kleine Kinder – seine –, eine verschleierte Algerierin, die wie auf Besuch dasaß, ein Europäer mit gestutztem Bart und wie ein Banker gekleidet, sahen fern. Die fünf saßen schweigend vor der Episode einer Realityshow, in der tätowierte Blödmänner und Weiber in Shorts mit Marseiller Akzent »ihren amerikanischen Traum« in Los Angeles verwirklichten.

Mama setzte sich gleichmütig auf den Beistelltisch; während ich die schwachsinnige Sendung, die die Gäste andächtig verfolgten, über mich ergehen ließ, beneidete ich sie, dass sie die Grenzen der Langeweile überschritten hatte.

Professor Koutoubou steckte von Zeit zu Zeit den Kopf durch den Vorhang, der das Wohnzimmer von seinem Arbeitszimmer trennte, verabschiedete den vorigen Patienten und rief den nächsten zu sich. Nach der maghrebinischen Dame und dem Banker waren endlich wir an der Reihe.

Er führte uns in ein dunkles Zimmer, dessen Wände mit Schleiern mit nicht zusammenpassenden Motiven bespannt waren und das von Kerzen erhellt wurde. Wir setzten uns alle auf eine Matte.

Onkel Bamba erklärte ihm Mamas Fall. Am Ende jedes Satzes sagte Professor Koutoubou mit Schmollmund und einer Stimme, die mich an eine schwere Kirchenglocke denken ließ: »Natürlich«, als langweilte ihn der Onkel mit seiner Aufzählung von Selbstverständlichkeiten. Sein Verhalten war derart unhöflich, dass wir nicht an seiner Kompetenz zweifelten.

Als der Onkel schwieg, brummte Professor Koutoubou: »Sie ist nicht tot. Sie ist mit einem Fluch belegt worden. Das ist alles.«

»Ein Fluch?«

»Von einer überaus mächtigen boshaften Person.«

»Was kann man tun?«

»Ich besitze die Gaben des Hellsehens und des Heilens. Wir sind Marabouts von Generation zu Generation. Eine Gabe, die vererbt wird. Wer hat sie Ihrer Meinung nach mit einem Fluch belegt?«

Unschlüssig beriet ich mich mit meinem Onkel.

»Niemand will Mama etwas Böses.«

»Felix hat recht.«

»Ah, doch! Jemand könnte auf sie sauer sein, Monsieur Tchombé. Mama sollte ihm seinen Kramerladen abkaufen, als er gegen seine Krankheit kämpfte. An dem Morgen, an dem sie ihm mitteilte, dass sie darauf verzichte, ist er ohnmächtig geworden und pfff ...!«

»Pfff?«, wiederholte der Professor mit Grabesstimme.

»Pfff ... Er ist im Krankenwagen gestorben, zehn Minuten später. Ich muss dazusagen, dass er an Lungenkrebs im Endstadium litt.«

Professor Koutoubou blähte die Wangen, seufzte tief und kratzte sich verärgert am Ohr.

»Suchen Sie nicht weiter, es ist er.«

»Aber er ist tot.«

»Niemand ist tot. Vor allem ein wütender Mann nicht. Er hat sie aus dem Jenseits mit einem Fluch belegt.«

Ein Zittern ging durch den Körper des Onkels,

und beunruhigt erkundigte er sich: »Können Sie etwas dagegen tun?«

Professor Koutoubou massierte sich mit weit aufgerissenen Augen die Brust und erwiderte: »Es ist schwierig ... sehr schwierig ...«

»Also ...«

Professor Koutoubou betrachtete uns unwirsch.

»Ich hab's!«

Er musterte meinen Onkel.

»Das wird vierhundert Euro kosten.«

»Vierhundert Euro?«

»Wenn Sie jemand Billigeren finden, zögern Sie nicht, gehen Sie.«

»Vierhundert ...«

Zähneknirschend nahm Onkel Bamba die Scheine aus seiner Brieftasche. Als er sie dem Professor reichte, fügte dieser hinzu: »Plus vierzig Euro.«

»Vierzig Euro?«

»Der Preis für die Beratung.«

»Das ist in den vierhundert Euro nicht enthalten?«

»Die vierhundert Euro sind für den Toten. Die vierzig Euro sind für mich. Sie finden meine Preise im Prospekt.«

»Okay.«

Der Onkel trennte sich von weiteren vierzig Euro.

Der Professor steckte das Geld ein und nahm eine Kiste voll Erde.

»Also, ich forme Kügelchen aus magischer Erde, die Sie in der Wohnung verteilen werden.«

Seine dicken Hände kneteten die Erde, während er geheimnisvolle Formeln sprach.

»Nur in der Wohnung?«, rief Onkel Bamba. »Nicht im Café?«

Professor Koutoubou machte eine Pause und beschloss, die Bemerkung für begründet zu halten.

»Im Café und in der Wohnung. Ich mache Ihnen noch ein paar.«

»Und das genügt?«

»Der Erfolg ist garantiert.«

Während er die Kügelchen mit keinen Widerspruch duldender Autorität vor uns aufreihte, warf er Mama prüfende Blicke zu.

»Wenn Sie natürlich wünschen, dass sie sich schneller erholt, könnte ich …«

»Ja?«, sagte mein Onkel kribbelig.

»Ich könnte im heiligen Wald für sie beten.«

»Wie viel?«

»Zweitausend Euro.«

»Zweitausend!«

»Er liegt im Kongo.«

Mein Onkel starrte die Kügelchen an.

»Versuchen wir es mit den Kügelchen, Sie garantieren uns ja den Erfolg.«

»Den garantiere ich Ihnen!«, sagte der Professor abschließend.

Als wir das Haus verließen, dachte ich einen Augenblick an Madame Simones Reaktion, als wir den Arzt mit den Antidepressiva verlassen hatten; gegen meinen Willen empfand ich ein ähnliches Misstrauen. Da mein Onkel überglücklich zu sein schien, las ich während der Fahrt in der Metro den Prospekt von Professor Koutoubou.

Professor Koutoubou. Anerkannter
Profi-Marabout.

Erfolgreich, wo die anderen gescheitert sind.

2010 nominiert für den Nostradamus in Gold.

Spezialist für all Ihre Probleme.

Familienkonflikte. Zunehmen. Abnehmen.

Rückkehr zum geliebten Wesen. Verstopfung.

Harmonie in der Ehe.

Fruchtbarkeit. Unfruchtbarkeit. Erfolg.

Glück.

Verzauberungen. Entzauberungen. Den Feind
in die Knie zwingen. Amulette gegen Kugeln.

Lotto.

Wettbewerbe. Prüfungen. Beförderungen.

Seinen Geist ausruhen. Krebs. Scheidungen.

Schmerzhafte Regel. Milchzauber.

Darunter hatte der Professor fett gedruckt hinzuge-
fügt: **Erfolg garantiert.**

Diese Bemerkung beruhigte mich.

Mit dem Warten auf Mamas Genesung begann ein neues Leben. Während Mama weiterhin in ihrer Welt lebte, heiterte Onkel Bamba mit seinen originellen Einfällen unseren trostlosen Alltag auf. Er gluckste, scherzte, sang, tanzte, lobte auf überaus charmante Art und staunte voller Begeisterung über jede Kleinigkeit. Einen Fehler hatte er allerdings: Er widmete jeden Morgen anderthalb Stunden der Körperpflege, abends ebenso. In dieser Zeit war es aussichtslos, das Badezimmer zu betreten. Sicher, er kam wunderschön heraus, mit klarem Blick, kunstvoll frisiert, mit weicher, glatter, duftender Haut, gekleidet wie ein Prinz; sobald er sich jedoch eingeschlossen hatte und ich an die Tür klopfte, rief er eine Stunde lang mit der größten Treuherzigkeit: »Ich bin fertig!« Und so lernte ich, indem ich seine Zeiten ausspionierte, mich unmittelbar vor ihm ins Badezimmer zu schleichen.

Tagsüber verschwand er manchmal mit einem Lächeln – »Bizness! Bizness!« – und kam dann ins Café zurück, wo er weiterhin die Stammgäste bezauberte, vor allem Madame Simone, die vorläufige Geschäftsführerin auf unbestimmte Zeit. Da er sie mit Komplimenten überhäufte, die sie in den Rang einer Königin erhoben, erstrahlte sie jedes Mal, wenn er erschien. Sie, die seit Jahrzehnten immer nur Beleidigungen oder bissige Bemerkungen hatte über sich ergehen lassen müssen, schwebte in höheren Regionen, und ihr hingerissenes, verdattertes, verstörtes Schweigen ermunterte ihn nur noch mehr.

Als ich am Samstag, nachdem wir das Café geschlossen hatten, mit Onkel Bamba und Mama in die Wohnung hinaufging, fragte ich ihn: »Findest du Madame Simone hübsch?«

»Mein kleiner Felix, ich werde dir was gestehen. Alle weißen Frauen sehen gleich aus, und keine erregt mich. Aber das kann ich natürlich nicht zugeben, man könnte mich für einen Rassisten halten.«

Ich dachte über diesen Gedanken nach, während ich die letzten Stufen hochging.

Er deutete auf Mama, die steif und zugleich lässig die Treppe vor uns hinaufstieg.

»Schau dir Fatous Hintern an, da kommst du auf ganz andere Gedanken, oder?«

»Beruhige dich. Sie ist meine Mutter und deine Schwester.«

Er nickte bekümmert.

»Und du, Felix?«

»Was?«

»Du, der du mit den hiesigen Schönheitsmaßstäben aufgewachsen bist, findest du Madame Simone hübsch?«

»Und wie! Sie hat das Zeug zu einem Filmstar.«

So beruhigt, pfiff er vor Bewunderung.

Eine Woche nach dem Besuch bei Professor Koutoubou hatte sich Mama nicht verändert. Schlimmer, sie hatte sich noch mehr in sich zurückgezogen, war wie versteinert, wirkte hochmütig, unzugänglich.

»Ich versteh das nicht«, schimpfte mein Onkel. »Der Marabout hat uns doch versichert ›Erfolg garantiert‹!«

Er nahm den Prospekt und bemerkte einen Asterisk nach »Erfolg garantiert«. Als ich den Flyer

drehte, entdeckte ich die Erklärung des Stern-
chens.

»Onkel, schau mal!«

Ohne Mikroskop konnte er die Buchstaben nicht
erkennen. Ich las ihm den Satz vor.

»Der Erfolg hängt von der jeweiligen Person ab.«

»Oje!«

Er betrachtete Mama, als hätte er den Verdacht,
dass Mama sich querstellte.

»Keine Panik, Felix. Man hat mir von einem Marabout erzählt, der eine andere Methode benutzt,
Professor Ousmane. Ich ruf ihn sofort an.«

Am nächsten Tag erschien Professor Ousmane,
mit Bart und übergewichtig, in einem petrolblauen
Trainingsanzug mit dem Logo PSG im Café, wo ich
mit den Stammgästen plauderte. Er trug einen Aktenkoffer, der nicht so recht zu seinem Aussehen
passen wollte.

Sein Blick fiel sofort auf Madame Simone, und er
rief: »Ich sehe das Problem.«

Madame Simone protestierte.

»He, Moment mal! Die Kranke ist sie, nicht ich!«

Mit dem Zeigefinger deutete sie auf Mama, die mit einem Wattestäbchen und Javelwasser die Fugen zwischen den Fliesen über der Spüle bleichte.

Professor Ousmane legte seinen Aktenkoffer auf den Tresen, öffnete ihn und nahm ein Stück Holz heraus, das mit Buchstaben und Zahlen bedeckt war.

»Rrrrho«, sagte Mademoiselle Tran, »ein Ouija-Brett!«

»Ah, Mademoiselle kennt sich aus?«

Er erklärte uns, wie das Ouija-Brett, mit dessen Hilfe man mit den Geistern in Verbindung treten könne, funktionierte. Wir würden es halten, er würde einen Tropfen daraufgeben, und die Geister würden auf die Fragen, die wir ihnen stellen würden, antworten, indem sie den Tropfen entweder zu *Ja* oder zu *Nein* oder zu den Zahlen oder zu den Buchstaben lenken würden.

»Das wird ganz schön lange dauern, wenn der Geist einen Satz buchstabiert«, wandte Robert Larousse ein.

»Darauf muss man sich einstellen! Die Toten bewegen sich nicht in der gleichen Zeitlichkeit wie die Lebenden.«

Alle nickten ernst, mit Ausnahme von Mama, die der Unterhaltung nicht folgte. Onkel Bamba freute sich, einen Marabout aufgetrieben zu haben, der sich wegen des Fußballs eines ausgezeichneten Rufs in Barbès erfreute.

»Wie das?«, fragte Monsieur Sophronides.

»Ich trainiere Paris Saint-Germain.«

Der Marabout senkte affektiert den Kopf, was sein Doppelkinn noch betonte.

»Na ja, wenn ich sage *trainieren*, Sie wissen schon. Dank der Klarsicht erkenne ich die Schwierigkeiten, die die nächsten Gegner ihnen bereiten werden, und warne sie vor.«

»Bravo!«

»Danke, ich glaube, dass wir in der Tat eine super Saison hingelegt haben. Oh, ich will nicht damit prahlen, da ich die Gabe bekommen habe: Ich bin klarsichtig und klarhörig von Geburt an.«

»Wie bitte?«, jaulte Robert Larousse auf.

»Klarsichtig und klarhörig.«

»Das zweite Wort gibt es nicht!«

»Ich höre und sehe mit Klarheit.«

»Das gibt es im Robert nicht. Ich kenne den Buchstaben K in- und auswendig. Kein Eintrag unter *klarhörig*.«

»Der Herr benutzt einen Neologismus!«, mischte sich Sophronides ein, um die Auseinandersetzung zu beenden. »Man hat doch das Recht, Wörter zu bilden, oder etwa nicht?«

Robert Larousse, der gewöhnlich so mimosenhaft war, wurde vor Empörung ganz rot im Gesicht.

»Wörter bilden! Wörter erfinden! So ein Unsinn! Zunächst einmal sollte man diejenigen kennen und gebrauchen, die es gibt. Wohin führt das? Wozu hat man schließlich Wörterbücher?«

Madame Simone schlug auf den Tresen.

»Schluss jetzt! Der Herr ist wegen Fatou gekommen. Lassen wir ihn arbeiten.«

Alle schwiegen. Bamba schilderte zum x-ten Mal das Unglück seiner Schwester. Der Ehrlichkeit halber wies er darauf hin, dass wir Professor Koutoubou konsultiert hätten, Mama auf dessen Behandlung jedoch nicht angesprochen habe.

Auf ein Zeichen des Marabouts hin sperrte der Onkel die Tür ab, ließ die Jalousien herunter und schaltete das Licht aus. Es blieb nur noch der türkisblaue Schein des Handys, das Professor Ousmane auf den Tresen gelegt hatte.

Er holte eine Pipette aus der Tasche, füllte sie mit Wasser und gab einen Tropfen auf das Ouija-Brett. Dann befahl er uns, das Holz zu berühren.

»Vorsicht, kein Druck. So zart wie möglich.«

Jeder tat wie ihm geheißen.

Der Professor schloss die Augen und konzentrierte sich auf die Decke über ihm.

»Ursula! Ursula! Bist du da?«

»Ach, Sie kennen sie?«, sagte Madame Simone.

»Ursula! Ursula! Zeige dich.«

»Um diese Zeit kann er das vergessen, Ursula pennt. Nach der Nacht, die sie …«

Der Professor öffnete die Augen und sah Madame Simone verärgert an.

»Ursula ist meine Geistführerin im Jenseits!«

Madame Simone senkte verlegen den Kopf.

»Entschuldigen Sie, wir sprachen nicht von derselben.«

»Niemand sagt etwas, bevor ich ihm nicht das Wort erteile. Verstanden?«

Er setzte seine Anrufungen mit näselnder und verschleierter Stimme fort. Der Tropfen bewegte sich langsam auf das *Ja* zu. Uff, Ursula war zu uns gekommen!

»Ursula, ist dir ein gewisser Monsieur Tchombé begegnet, der den Kramerladen nebenan führte, das *Feigenparadies*?«

Das Brett machte einen Satz, was uns in Panik versetzte. Der Marabout kommentierte die Reaktion.

»Sie hat Angst vor ihm. Fragen?«

Onkel Bamba räusperte sich.

»Ist Monsieur Tchombé wütend auf Fatou?«

Der Tropfen zögerte nicht und bewegte sich in Richtung *Ja*.

»Hat er sie mit einem Fluch belegt?«

Das Brett zitterte erneut.

Der Professor erklärte: »Sie fürchtet, dass ihre Offenheit den Zorn von Monsieur Tchombé erregt, der ganz offensichtlich über furchtbare dämonische Kräfte verfügt.«

Der Onkel warf mir einen fragenden Blick zu.

Ich wandte mich an den Marabout und fragte: »Wäre Ursula einverstanden, mit Monsieur Tchombé in Verbindung zu treten? Um ihm zu versichern, dass Mama ihm nicht schaden wollte, im Gegenteil, wie sie es ihm in den Monaten zuvor bewiesen hatte. Und um ihm zu erklären, dass sie selbst das Opfer einer verwaltungstechnischen Ungerechtigkeit geworden ist.«

»Gute Idee, mein Junge«, sagte Onkel Bamba anerkennend.

Der Marabout wandte sich an die Decke.

»Nehmen Sie den Auftrag an, Ursula?«

Der Tropfen zögerte einen Augenblick und bewegte sich träge in Richtung *Nein*.

Der Professor rief zur Decke hinauf: »Warum, Ursula? Warum?«

Der Tropfen bewegte sich zum *K*, dann zum *N*

und dann zum *Z*. Der Professor seufzte erleichtert.

»›Keine Zeit‹!« Ursula sagt uns, dass sie ausgebucht ist. Kein Wunder! Eine so nette Person …«

Er lächelte.

»Das ist die Lösung, glaube ich.«

Er rief zur Decke: »Ursula, erlauben Sie, dass ich Ihnen den Auftrag morgen noch einmal erteile?«

Der Tropfen floss zum *Ja*.

»Toll! Danke, Ursula. Bis bald.«

Er rieb sich die Hände und drückte auf den Schalter in seiner Nähe. Das Licht blendete uns.

»Kein Zweifel, Ursula wird Monsieur Tchombé überzeugen. Fatou wird bald wieder wie früher sein.«

Wir beobachteten Mama, die abwesend und in sich verschlossen mit weit aufgerissenen Augen vor sich hin döste.

Madame Simone zog die Jalousien hoch, während der Marabout sein Brett abwischte und sich meinem Onkel näherte.

»Hundertfünfzig Euro.«

Bamba verzog das Gesicht.

»Sie hatten fünfzig gesagt.«

»Wegen Ursulas vollem Terminkalender werde ich wenigstens zweimal mit ihr Kontakt aufnehmen, damit sie in Aktion tritt. Ich veranschlage für Fatous Genesung also drei Sitzungen, dreimal fünfzig macht hundertfünfzig.«

»In der Tat«, musste mein Onkel einräumen.

Der Professor steckte die Scheine ein und legte das Ouija-Brett in seinen Aktenkoffer; bevor er ging, beugte er sich zu Monsieur Sophronides und Robert Larousse.

»Ich verfüge über einen Zauber, der die Chancen der Jungs erhöht, die den Mädchen nicht gefallen ...«

Da die beiden Typen ihn stumpfsinnig ansahen, ohne zu reagieren, wandte er sich Madame Simone zu.

»... und für die Mädchen, die den Jungs nicht gefallen. Sind Sie interessiert?«

»Leck mich am Arsch«, zischte Madame Simone, leise genug, dass Bamba es nicht hörte.

Eine Woche später hatte sich – Ursula hin oder her – Mamas Zustand nicht verändert. Wir lebten neben einer Statue.

Onkel Bamba kratzte sich am Kiefer.

»Ich fürchte, wir sind an clevere Marabouts geraten.«

»Wie bitte?«

»Scharlatane. Man hatte mich gewarnt, dass es in Paris nur so von ihnen wimmelt.«

Da ich seit zwei Wochen alle Prospekte studiert hatte, die ich bei unserem ersten Besuch in Barbès erhalten hatte, hütete ich mich wohlweislich hinzuzufügen: Es gibt nur solche!

»Ich weiß nicht, was ich noch tun soll«, murmelte der Onkel, zum ersten Mal bedrückt.

Er veränderte sich. Während Mamas Zustand gleich blieb, verwandelte er sich. Seine Fröhlichkeit war wie weggeblasen, er bekam eingefallene Wangen. Als er sich eines Morgens vom Sofa erhob, wurde mir aufgrund seiner Fältchen und seiner schlaffen Haut bewusst, dass er entgegen dem Eindruck, den er erweckte, die fünfzig überschritten hatte. Im Café unterbrach er sein Geplauder und tauschte das Sodawasser gegen Alkohol. Nachts verschwand er und kam gegen fünf Uhr müde und abgespannt zurück.

»Ich hoffe, dass Fatous Krankheit sich nicht überträgt«, brummte Mademoiselle Tran, als sie entdeckte, dass Bamba ebenso erloschen wie Mama war.

»Von wegen!«, erwiderte Madame Simone, die eine mütterliche Zuneigung für meinen Onkel empfand. »Er kommt fast um vor Sorge um seine Schwester. Der Wein macht ihn traurig. Das verrät den Adel seiner Seele.«

»Was wollen Sie damit sagen, Simone?«, fragte Monsieur Sophronides, den der Rausch in angeregte Stimmung versetzte.

»Der Alkohol bringt nicht ans Licht, was wir sind, sondern wogegen wir ankämpfen. Er spült die Dämme unseres Bewusstseins hinweg. Die Leute, die sich tagsüber das Lachen und Scherzen verbieten, werden euphorisch; diejenigen, die darauf verzichten, zu schimpfen oder zu jammern, lassen ihrer Verbitterung freien Lauf. Die Traurigen macht der Wein fröhlich, die Fröhlichen macht er traurig! Dieser liebe Bamba bemüht sich so sehr, uns zu zerstreuen, dass er, sobald er trinkt, in Schwermut versinkt ...«

Sie sah ihn zärtlich an.

»Was für ein wunderbarer Mann!«

Und sie schenkte ihm noch einen Whisky ein.

Ich gab alle Hoffnung auf, was Mama betraf, als ein Ereignis alles veränderte.

An dem Morgen, einem Montag, betraten merkwürdige Individuen den Kramerladen von Monsieur Tchombé. Einander ähnlich in ihren anthrazitgrauen Anzügen, schrien sie sich aus Leibeskräften an, klopften gegen die Wände, öffneten die Fenster und rüttelten an den Rahmen.

»Die tun ja gerade so«, schimpfte ich, »als wären sie da zu Hause.«

»Die sind da zu Hause, mein kleiner Felix. Das sind die Bauunternehmer, die den Laden gekauft haben.«

Wie konnte es sein, dass dieser Satz von Madame Simone Mamas umnebelten Geist erreichte? Während wir uns vorstellten, dass ihr Schädel einen Wall errichtet hatte, den die Informationen nicht überwinden konnten, blitzte ein Funke in ihren Augen auf. Ich ahnte, dass sie verstanden hatte. Ihr Blick verlor seine Starre, und sie begann, diese Männer von Kopf bis Fuß zu mustern.

»Siehst du, was ich sehe?«, flüsterte ich Madame Simone zu.

Ihr war es ebenfalls nicht entgangen. Überrascht von Mamas plötzlichem Erwachen, bestätigte sie es.

Die Bauunternehmer brüllten mehr, als dass sie sprachen, als würden Hunderte von Arbeitern um sie herum abschleifen, hämmern und sägen.

Interesse leuchtete jetzt in Fatous Augäpfeln auf; sie beobachtete sie und biss sich auf die Unterlippe. Sie erwachte zum Leben.

»Oh, wir machen Fortschritte«, hauchte Madame Simone.

Wir ahnten, dass wir vermeiden mussten, Mama

zu zeigen, dass wir ihr zunehmendes Auftauen bemerkten.

Nachdem sie eine Stunde im ehemaligen *Feigenparadies* zugebracht hatten, kamen die fünf Kerle zu uns ins Café, laut, ungeniert, als gehörte es
ihnen. Der Größte und Älteste – zweifellos der
Chef – schaute sich in unserem Lokal um und sagte
mit energischer Stimme: »Sagen Sie, Ihr Bistro ist
nicht zufällig zu verkaufen?«

Mama war, dessen war ich überzeugt, zusam-
mengezuckt; als ich sie jedoch ansah, wirkte sie erneut teilnahmslos. Madame Simone, der die Frage
gestellt worden war, räusperte sich.

»Nein, tut mir leid.«

»Sicher?«

»Ganz sicher. Wir verkaufen nicht.«

»Auch nicht, wenn wir Ihnen ein hübsches
Sümmchen bieten würden?«

Madame Simone dachte verärgert an die verfah-
rene juristische Situation, die Mama und mich an
diesen Ort kettete.

»Auch dann nicht!«

»Wir werden ja sehen«, sagte der Chef, überzeugt von seiner Macht.

Er sah seine Mannschaft an.

»Kaffee für alle?«

Zustimmende Rufe ertönten. Kaum hatte Madame Simone sich der Kaffeemaschine zugewandt, bemerkte sie, wie Mama voller Eifer die Tassen hinstellte und die Zuckerdosen füllte.

Sie zwinkerte mir zu.

»Sehr gut. Ich lass dich servieren, Fatou.«

Es bewegte uns zutiefst, Madame Simone und mich, zu spüren, wie Mama ins Leben zurückkehrte, reagierte, gehorchte.

Sie stellte die Untertassen auf den Tresen und schenkte den Männern sogar ein Lächeln.

Madame Simone flüsterte mir ins Ohr: »Geschafft! Ich glaube, sie ist geheilt! Sag deinem Onkel Bescheid. Er muss es wissen!«

Ich wollte gerade hinaufgehen, als ich einen Schrei hörte. Ich drehte mich um und hörte einen zweiten. Ein Mann stürzte zu Boden. Ein weiterer schlug sich an die Brust. Einer erbrach sich.

Ich wohnte einem Gemetzel bei. Sie brachen einer nach dem anderen zusammen und fielen übereinander, als hätte der Blitz sie getroffen!

»Zu Hilfe!«, stöhnte der Chef.

»Verdammt, was ist denn da drin?«, rief Madame Simone und nahm eine halb leere Tasse.

Ich näherte mich, um daran zu schnüffeln; der Kaffee stank nach Javelwasser.

»Die Feuerwehr, schnell!«, schrie Madame Simone.

Mama erlosch wieder, zog sich in sich zurück und begann, gründlich den Tresen zu polieren.

Madame Simone bewies eine bemerkenswerte Kaltblütigkeit – die vermutlich ihrem Beruf zu verdanken war, in dem ihr, wie sie immer wieder sagte, »nichts erspart geblieben war«. Sie rief die Notrufnummer an, flößte denen, die schlucken konnten, Wasser ein und befahl ihnen, es sofort wieder auszuspucken, und während der Rettungsdienst eintraf, brachte sie unbemerkt die Tassen in Sicherheit, spülte sie und beseitigte so die Spuren der mütterlichen Schandtat.

Als der letzte Krankenwagen sich entfernte, legte sie mir eine Hand auf die Schulter.

»Mach dir keine Illusionen, Felix. Die Sache ist noch nicht vorbei. Es wird eine Untersuchung geben. Die Polizei wird nach der Ursache der Vergiftung suchen. Fatou wird die Hauptverdächtige sein.

»Und dann?«

»Man wird sie verhaften.«

»Und dann?«

»Man wird sie verhören.«

»Und dann?«

»Zwei Lösungen. Entweder kommt sie ins Gefängnis, oder man sperrt sie in eine psychiatrische Anstalt.«

Ich drückte mich an sie und schluchzte.

»Weine, mein Kleiner, weine. Es ist unnötig, deinen Onkel zu früh aufzuscheuchen.«

Mama ging auf die Straße hinaus. Ohne uns eines Blicks zu würdigen, goss sie einen Eimer mit schäumendem Wasser auf dem Bürgersteig aus und begann, ihn zu schrubben. Der Funke der Auferstehung hatte nur so lange geleuchtet, bis sie das Schlimmste begangen hatte.

Am Mittag, als ich wieder zu sprechen vermochte, ging ich in die Wohnung hinauf und schüttelte Onkel Bamba, der fast nackt auf dem Sofa schnarchte. Sein Körper hatte die spröde Unbeugsamkeit der Savanne bewahrt.

Nachdem er seinen Kaffee getrunken hatte, erzählte ich ihm das Desaster. Er saß wie erstarrt da. Seine Finger zitterten. Er hatte Mühe zu atmen. Nach zehn Minuten stammelte er betrübt: »Du entschuldigst mich?«

Ohne eine Antwort abzuwarten, stand er auf, schluckte eine Tablette, setzte einen Kopfhörer auf und legte sich wieder schlafen. Ich sah mir die Schachtel an, aus der er die Pille genommen hatte: ein pflanzliches Schlafmittel.

Mir kam seine Reaktion ganz gelegen: Ich schloss mich in mein Zimmer ein, um zu weinen.

Gegen 19 Uhr klingelte Madame Simone an der Tür.

»Hör mal, Felix, ich frage mich, ob es nicht eine Lösung gibt.«

»Was für eine?«

»Die Polizei ist nicht gekommen, um deine Mutter und mich zu vernehmen. Das bedeutet, noch hat niemand Anzeige erstattet. Ich würde gern ...«

»Ja? Was?«

»Den Chef der Bauunternehmer im Krankenhaus besuchen und ihm einen Handel vorschlagen: Geld gegen sein Schweigen. Ich geb ihm Kohle, wenn er keine Anzeige erstattet. So wie ich ihn einschätze, wird er akzeptieren.«

»Genial, Madame Simone!«

»Dein Onkel begleitet uns nicht?«

Mit dem Daumen deutete ich auf das Sofa hinter mir, über das zwei dünne, aber muskulöse Beine ragten.

»Er hat ein Schlafmittel geschluckt.«

»Der Arme ...«

Sie schien seine Schenkel und Waden mit Blicken zu verschlingen. Dann fasste sie sich wieder und erklärte: »Wie hoch sind Fatous Ersparnisse?«

»Das weißt du besser als ich, da du dich seit Ewig-
keiten darum kümmerst.«

»Bist du einverstanden, dass ich ihnen diese
Summe für ihr Schweigen anbiete?«

»Ja.«

»Dann such das Geld aus den Schubladen und
dem Kühlschrank zusammen. Ich fahr inzwischen
ins Krankenhaus, um das Geschäft mit ihm zu be-
siegeln.«

Sie winkte den Beinen meines Onkels zum Ab-
schied zu und verschwand im Treppenhaus.

Ich ging in die Küche und öffnete das Gefrierfach.

»Aber …«

Nichts.

Schneekristalle bedeckten das Blech, das den leeren Raum umgab. Sollte Mama ein anderes Ver-
steck gewählt haben?

Ich ging ins Schlafzimmer und durchsuchte
ihre Schubladen, ihren Kleiderschrank und ihren
Nachttisch.

Nichts.

Ich durchsuchte auch mein Zimmer, die Speisekammer, den Wandschrank im Eingang, den Medikamentenschrank. Mein Herz schlug immer schneller.

Nichts ... Nichts mehr ... Nicht einmal mehr die Münzrollen.

Voller Panik begann ich die Suche von vorn.

Nach einer Stunde musste ich den Tatsachen ins Auge sehen: Der Notgroschen war verschwunden.

Aufs Höchste entsetzt, stürzte ich mich auf die letzte Möglichkeit: das Sofa, auf dem mein Onkel schlief, der einzige Ort, wo ich nicht nachgesehen hatte. Ich riss Bamba aus dem Schlaf und schüttelte ihn rücksichtslos.

Verschlafen protestierte er: »Was ist los?«

»Bitte steh auf. Sie sind hier versteckt.«

»Was?«

»Mamas Ersparnisse.«

Er ließ sich auf den Teppich schubsen. Ich hob die Kissen hoch, schlug sie, tastete die Lehnen ab, schob meine Finger unter die Sitzfläche. Der Onkel gähnte.

»Lass gut sein, Felix. Hier ist kein Geld.«

»Doch. Das ist die letzte Möglichkeit.«

»Ich habe alles ausgegeben.«

Ich erstarrte.

Onkel Bamba jammerte und hämmerte sich wie besessen mit seinen knochigen Händen gegen die Schläfen.

»Eines Abends war ich wegen deiner Mutter so deprimiert, dass ich mit meinen Ersparnissen gespielt habe. Ich habe verloren. Am nächsten Tag wollte ich meinen Verlust wieder wettmachen und habe mir Scheine geborgt, die in einer Schublade lagen. Aber ich habe wieder verloren. Also habe ich das Gefrierfach ausgeräumt und ...«

Er rollte über den Boden.

»Nichts! Es ist nichts mehr übrig.«

Ich stürzte mich auf ihn und schlug ihn mit all meinen Kräften. Er igelte sich ein, ohne meinen Fäusten auszuweichen. Ich brüllte: »Dreckskerl! Das Geld hätte Mama retten können.«

Und ich bombardierte ihn erneut mit Schlägen.

»Ich hasse dich! Ich hasse dich!«

Er weinte und fiepte: »Bestraf mich, du hast ja recht.«

Seine Schlaffheit, seine Passivität, seine Willenlosigkeit, all das ekelte mich plötzlich an. Ich hörte auf, ihn zu schlagen, stand auf und spuckte ihn an.

»Von heute an bist du nicht mehr mein Onkel.«

Er hob den Kopf und sah mich verstört an.

»Ich bin nicht dein Onkel, Felix.«

»Was?«

»Ich bin nie dein Onkel gewesen. Deine Mutter hat das behauptet. Und ich habe ihr nicht widersprochen.«

Es lief mir eiskalt den Rücken herunter. Ich zitterte und bekam weiche Knie. Um meine Würde zu bewahren, bellte ich, als würden meine Worte beißen: »Wer bist du?«

Er kroch zu mir.

»Nicht der Bruder deiner Mutter.«

»Wer dann?«

»Eine lange Geschichte. Hat dir deine Mutter nichts erzählt?«

»Worüber?«

»Über ihr Leben?«

»Ihr Leben hat sie mit mir verbracht.«

»Ihr Leben vor dir. Dort, in Afrika.«

Wir hatten nie über Mamas Vergangenheit gesprochen. Mir wurde bewusst, dass sie mir nur erzählt hatte, dass sie bei den Sœurs de la Charité in der Nähe von Dakar aufgezogen worden war und dass sie ihre Eltern jung verloren hatte. Onkel Bamba ahnte, dass ich nur sehr kümmerliche Informationen hatte.

»Wenn sie dir nichts gesagt hat, dann werde ich dir auch nicht mehr sagen. Tut mir leid, Felix, tut mir leid.«

Rasch sammelte er seine Kleidung ein und stopfte sie in eine Tasche.

»Tut mir leid …«

Und er rannte die Treppe hinunter, wie der Dieb, der er war.

Um 20 Uhr erschien Madame Simone hochzufrieden.

»Die Sache ist geregelt. Gib mir das Geld.«

»Ich habe kein Geld.«

»Wie bitte?«

»Ich … er … man hat bei uns eingebrochen.«

»Was?«

»Man hat uns alles geklaut.«

»Man? Wer man?«

Sie versuchte, Bamba hinter mir auf dem Sofa zu erkennen.

»Dein Onkel?«

»Er ist gegangen.«

»Gegangen?«

»Ja?«

»Für immer?«

Ich erzählte ihr nicht mehr, aber ich spürte, dass sie begriffen hatte. Die Niedergeschlagenheit stand ihr ins Gesicht geschrieben.

»Ich verstehe«, sagte sie düster. »Es ist alles aus!«

Mit hängenden Schultern drehte sie sich um und begann hinunterzugehen.

»Komm runter, wenn du kannst. Ich bleibe mit Fatou im Café.«

Ich schloss die Tür, lehnte mich dagegen und ließ

mich mit gespreizten Beinen zu Boden gleiten. Ich wünschte mir, die Erde würde sich unter meinen Füßen auftun und mich verschlingen. Ich wusste, mein Leben würde am nächsten Tag zu Ende sein. Man würde Mama abholen, man würde ihr Handschellen anlegen und sie wegsperren. Entweder ins Gefängnis oder in eine Anstalt. Ich würde sie noch mehr verlieren als in den vergangenen Wochen … Für immer … Da ich erst zwölf war, würde man mich in ein Heim stecken, zusammen mit Unbekannten, geschlagenen Kindern, Söhnen von Säufern, von Gaunern. Und da niemand einen Schwarzen adoptieren möchte, würde man mich von einer Pflegefamilie zur nächsten schleppen, niemand würde mich lieb haben, und ich würde niemanden lieb haben. Ohne die Hilfe von Madame Simone und Mamas Stolz würde ich die Schule schmeißen, straffällig werden, um die Zeit totzuschlagen, und wenn ich ohne Zeugnisse auf den Arbeitsmarkt käme, würde man mir entweder keinen Job oder Scheißjobs anbieten, die ich letztlich annehmen würde, sollten Drogen mich nicht bereits verblödet haben oder ich in einer Strafanstalt gelandet sein. So kann ein Leben aus den Fugen geraten. An dem Abend hatte man mir mein gegenwärtiges und mein künftiges Glück genommen, man hatte mir meine Mutter genommen.

Ich ging zum Fenster. Angesichts des Lebens, das mich erwartete, warum sollte ich weiterleben? War es nicht besser, sofort Schluss zu machen? Springen.

Ich sah in den Hof hinunter. Wie immer zog mich die Leere an; aber im Unterschied zu den anderen Malen versetzte mich diese magische Anziehungskraft nicht mehr in Panik.

Ich stieg auf den Fenstersims. Eine Welle der Freude überschwemmte mich; ich hatte die Lösung gefunden. Ein paar Sekunden zuvor hatte ich das Leid noch erduldet. Jetzt beherrschte ich es. Ich verfügte über das Mittel, es zu zerstören.

Ich lachte. Es war so einfach …

Hinter mir hörte ich ein Kratzen. Dann drei Schläge. Und dann die Klingel.

Entnervt hätte ich am liebsten geschrien: »Lasst mich in Ruhe, ich bringe mich um!«

Zu spät. Die Neugier, die Folgsamkeit, die Pflicht, alle möglichen alten Reflexe trieben mich dazu, zu reagieren. Ich stieg vom Fensterbrett hinunter. Während ich mich zur Tür schleppte, drückte mich die Verzweiflung nieder, und ich glaubte zusammenzubrechen. Ich umklammerte den Türgriff und schaffte es, ihn nach unten zu bewegen und die Tür zu öffnen.

Eine hohe Gestalt zeichnete sich im Halbdunkel ab.

»Guten Abend, ich bin der Heilige Geist.«

Mein Vater stand auf der Schwelle.

2

Ich betrachtete die beiden Wege. Hier spitze Steine. Dort geschmolzener Asphalt. Wenn wir mit dem Jeep weiterfuhren, riskierten wir, dass die Reifen platzten oder am Boden kleben blieben. Zwei Alternativen, die eine so schlimm wie die andere …

Für mich brachte das unsere Reise durch Afrika genau auf den Punkt.

»Schauen wir mal …«

Der Heilige Geist, aus dem Ei gepellt wie immer, konsultierte die unhandlichen Karten, die er auf dem Steuer und dem Armaturenbrett ausgebreitet hatte. Ich hatte den Eindruck, dass das Papier in der Gluthitze ebenfalls zerfallen würde wie ein welkes Blatt.

Ich seufzte, war auf hundertachtzig.

Eine schwüle Hitze lastete so sehr auf den Feldern, den Straßen, dem glühenden Sand, dass der wolkenlose Himmel verschleiert wirkte.

Ich produzierte Speichel. Ungeheure Mengen. Absichtlich. Unter der Hitze leidend, achtete ich darauf, dass die Sonne mich nicht ganz verbrannte, dass ich mir einen Vorrat an Feuchtigkeit bewahrte.

»Die Sache wird immer klarer für mich.«

Den Bleistift zwischen den Lippen, studierte er die verschiedenen Wege und lächelte, nicht ohne eine gewisse Selbstverliebtheit. Was für eine Plage, einen Vater zu haben! Ganz ehrlich, das Leben ohne war mir lieber gewesen. Seine Selbstsicherheit, seine Gewissheiten, sein Vertrauen in seine Fähigkeiten, seine unangestrengte Männlichkeit, seine prächtige Erscheinung machten mich wahnsinnig. Neben ihm fühle ich mich als Kind, klein; ich war mir bewusst, dass ich ihm nur bis zur Hüfte reichte, dass ich weniger als ein Strohhalm wog, dass ich Gummibänder anstelle von Muskeln hatte und dass meine Stimme Piccoloflöte spielte, während seine mit dem Violoncello konkurrierte.

Überdies war der Heilige Geist, wie Mama mir gesagt hatte – als sie noch sprach –, sehr schön. Unerträglich schön. Wenn er irgendwo auftauchte, hielten die Leute den Atem an. Männer wie Frauen drehten sich um, wenn er vorbeiging, und vergaßen für einen Augenblick ihre Gespräche, ihre Sorgen und ihre Interessen, um sich an seiner blendenden Schönheit zu weiden. Allein schon durch seine Gegenwart gab er eine Lektion in Sachen Proportionen. Groß, schlank, gut gebaut, geschmeidig, mit breiten Schultern und schmaler Taille, brachte er, alle Klippen umschiffend, Kraft und Zartheit miteinander in Einklang; kaum dachte man, er sei muskulös, bemerkte man die Zartheit seiner Gliedmaßen; war man von seiner riesigen Gestalt beeindruckt, nahm man doch auch sogleich seine Verletzlichkeit wahr. Seine Haut sah aus, als hätte er sie mit Crème Caramel eingeschmiert, glatt, seidig, straff, ohne Falten, ohne Pickel, ohne Verschleiß. Seine schön geformten fleischigen Lippen öffneten sich auf gleichmäßige strahlende Zähne. Er tat nichts, um schön zu sein. Schlimmer noch, er wirkte, als wäre diese Schönheit ein lästiges Geschenk für ihn, und diese Verlegenheit, eine missmutige Bescheidenheit, machte ihn noch anziehender. So wie ein König von Geburt seinen Rang nicht beweisen muss, verhielt er sich nicht wie ein Charmeur und noch weniger wie ein Verführer, im Gegensatz zu Bamba; er bewegte sich mit der Ruhe einer Raubkatze, einer wachen Gelassenheit, einer Art lauernder Lässigkeit.

Jeder Junge hätte sich über einen solchen Vater gefreut. Ich nicht. Seine Vollkommenheit nervte mich. Die Tatsache, dass er nicht schwitzte und dass sein beiges Polohemd makellos blieb, obwohl vierzig Grad uns zusetzten, brachte mich auf die Palme. Für mich war sein Fehler, dass er keinen hatte.

Mit dem kleinen Finger fuhr er den Weg auf seiner Karte nach und rief dann befriedigt: »Siesta!«

Diesmal stimmte ich ihm zu. Endlich eine weise Entscheidung, die beste seit Langem. Ich stellte meinen Sitz nach hinten.

Mama, die sich auf dem Rücksitz fläzte, schlief bereits. Afrika hatte eine entgegengesetzte Wirkung auf uns beide; während ich mich dort fremd fühlte, war sie ganz entspannt. Wie ein Kind, das man unter Überwachung gestellt hatte, kuschelte sie sich vertrauensvoll in ihre Benommenheit. Sicher, sie sprach nicht, hörte nicht zu, schaute nicht – keinerlei Veränderung diesbezüglich –, doch ihr Körper saugte sich mit einem rein organischen Leben voll. So wie das Wasser den Schwamm aufbläht, belebte die Trockenheit Mama.

Der Heilige Geist zwinkerte mir zu, bevor er seinen Hut ins Gesicht zog.

»Träum was Schönes, Felix.«

Ach ja, ich vergaß das Schlimmste: Mein Erzeuger liebte mich und zeigte es mir in jedem Moment. Ich lebte wirklich in der Hölle seit ein paar Wochen ... Mama war zum Zombie geworden, und ein unbekannter Vater vergötterte mich.

Ich kuschelte mich zusammen und schloss die Augen. Bei einer solchen Hitze schläft man nicht ein, man sackt weg. Ich verlor den Boden unter den

Füßen und versank in friedlicher Bewusstlosigkeit.

*

In Paris war der Heilige Geist am schlimmsten Abend meines Lebens in der Tür erschienen, in den Kleidern der Vorsehung.

Ich gebe zu, dass er sich rasch der Situation gewachsen zeigte. Benachrichtigt von Bamba – dem Onkel, der nicht mein Onkel war –, der seine Kontaktdaten im Internet ausfindig gemacht hatte, hatte er einen Zwischenstopp seines Schiffs in Frankreich genutzt, um nach Belleville zu kommen, seine Geliebte wiederzutreffen und seinen Sohn kennenzulernen.

Als Bamba ihm geschrieben hatte, hatte er ihm Mamas Zustand nicht verschwiegen; allerdings hatte er ihm den letzten Vorfall nicht erzählt.

Ich erklärte meinem Erzeuger Mamas flüchtige Wiederbelebung an jenem Morgen; sie war zu uns zurückgekehrt, um ein Verbrechen zu begehen.

Die fünf vergifteten Bauunternehmer würden im Krankenhaus behandelt, und sie würden sehr bald Anklage gegen sie erstatten. Hätte man sie schmieren können, würden sie darauf verzichten, aber das sei nicht möglich, weil unsere Ersparnisse geraubt worden seien – Bambas Rolle in dieser Pleite erwähnte ich wohlweislich nicht, weil ich instinktiv ahnte, dass das dem Heiligen Geist eine zu gute Rolle einräumen würde.

Mein erster Kontakt mit diesem Unbekannten machte mich glücklich; obwohl wir schlechte Nachrichten teilten, führten wir ein Gespräch von Mann zu Mann, als Personen, die für sich und die anderen verantwortlich waren. An seinem Gesichtsausdruck erkannte ich, dass er meiner Reife Achtung zollte.

»Bring mich zu deiner Mutter«, sagte er schließlich.

Ich ging ins Café hinunter, wo Madame Simone das Schutzgitter heruntergelassen und das Licht gedämpft hatte, damit die Passanten es für geschlossen hielten. Ich gebe zu, dass ich ein paar Sekunden lang an ein Wunder glaubte: Mama würde geheilt sein, wenn sie den Heiligen Geist sähe. In Filmen sieht man häufig derartige Szenen, in denen die Rückkehr einer nahestehenden Person das Gedächtnis desjenigen stimuliert, der sich in sich selbst zurückgezogen hat.

Leider haben die Filme ebenso wenig mit dem Leben zu tun wie das Leben mit den Filmen … Mama ließ ihren leeren Blick, der jeden Menschen durchsichtig machte, über ihn gleiten und schenkte dem Heiligen Geist keinerlei Beachtung.

Die Reaktion kam von Madame Simone, die den Neuankömmling von oben bis unten musterte.

»So eine Scheiße!«

»Wie bitte?«

»Ich sagte Scheiße.«

Der Heilige Geist begrüßte sie.

»Guten Abend, ich bin der Vater von Felix.«

Diese Erklärung irritierte mich. Irrtum! Grober Irrtum! Er war nicht mein Vater, er war der Geliebte meiner Mutter gewesen, ihr flüchtiger Geliebter, ihr vorübergehender Geliebter, der Samenspender, den sie ausgewählt hatte. Ich fühlte mich ihm nicht verbunden. Vater von Felix?

»Das habe ich sofort vermutet«, entgegnete Madame Simone. »Fatou hatte mir anvertraut ...«

»Ja?«

»... dass Sie ... na ja, dass Sie ...«

»Ja?«

»Ich nahm an, dass sie übertrieb ... aber ganz und gar nicht.«

Errötend beugte sie sich zu mir und deutete auf den Heiligen Geist.

»Siehst du, Felix, wenn ich so ausgesehen hätte, hätte ich vielleicht akzeptiert, Eier zu haben.«

Ich zuckte die Achseln. Nichts schien mir belangloser als die Schönheit meines Erzeugers; selbst seine Anwesenheit erschien mir überflüssig, da ich es gewohnt war, fern von ihm zu leben und zu denken. Sein plötzliches Auftauchen begann mich zu stören.

Die Stammgäste des Cafés kamen zu uns.

»Rrrrho«, rief Mademoiselle Tran und erstarrte vor dem Heiligen Geist.

Robert Larousse und Monsieur Sophronides grüßten ihn mit einer Kopfbewegung, ohne zu wagen, ein Wort zu sagen, und setzten sich dann ehrfürchtig auf ihre Hocker. In ihren Augen erkannte ich, dass die Schönheit meines Erzeugers sie einschüchterte, aber nicht demütigte. Weil sie diesen Grad der Außergewöhnlichkeit erreichte, sorgte sie darunter für Gleichheit; die hässlichen, durchschnittlichen und eher guten Menschen gehörten alle zu ein und derselben Herde, niemand konnte mit ihm konkurrieren. Und anstatt die Hässlichen herunterzuziehen, erhöhte er sie dadurch, und diese empfanden eine gewisse Dankbarkeit für ihn.

Sie besprachen gemeinsam die Situation. Madame Simone wiederholte, dass sich für die Bauunternehmer alles mit Geld regeln lasse. Wenn sie jedoch keine Kohle bekämen, würden sie Fatou verklagen. Nach dem Prozess, den sie gegen sie anstrengen würden, um Schmerzensgeld zu bekommen, würde sie ihre Freiheit verlieren. Kurz, die Zukunft beschränkte sich auf Gefängnis und

Schulden. Oder auf eine psychiatrische Klinik und Schulden.

»Es sei denn, sie flieht«, suggerierte Madame Simone dem Heiligen Geist.

»Ja, bringen Sie sie weg«, stimmte Monsieur Sophronides zu.

»Nehmen Sie sie auf Ihr Schiff mit, man wird sie nicht finden«, stimmte Mademoiselle Tran ein.

Ich pflanzte mich vor ihnen auf.

»Moment mal. Man kann nicht einfach so über meine Mutter verfügen. Und was soll aus mir werden, wenn sie sich mit dem Herrn aus dem Staub macht?«

»Ich bin dein Vater, Felix.«

»Mein Vater für einen Abend! Nach zwölf Jahren Abwesenheit. Wenn du mir Mama wegnehmen willst, wärst du besser gar nicht gekommen!«

Sie begriffen, dass ich verzweifelt war, den Tränen nahe. Erschaudernd und schweißgebadet, bedauerte ich, vorhin nicht aus dem Fenster im sechsten Stock gesprungen zu sein; ich hätte mir diese abscheuliche Szene erspart.

»Felix hat recht«, bestätigte mein Erzeuger. »Flucht ist keine Lösung. Ich werde mit den Bauunternehmern reden, um sie zum Schweigen zu bringen.«

Er holte eine Brieftasche aus genarbtem Leder aus seiner Jacke und öffnete sie; ein ganzes Arsenal von Karten klappte auf, wie ein von einem Taschenspieler geschickt manipuliertes Kartenspiel. In mehreren Farben, von Blau über Gold bis Platin. Mehrere Banken. Mehrere Länder. Ganz große Klasse!

Das überraschte uns nicht mehr. Auf den ersten Blick ahnte man, dass mein Erzeuger alle Grenzen der Vortrefflichkeit sprengte. In allem … in Hinblick auf das Körperliche, die Eleganz, die Moral, die Ehre, die Ritterlichkeit. Dass er vermögend war, war nur ein Detail.

Er fragte mich, welchen Geldautomaten er benutzen sollte. Ich zeigte ihn ihm. Zwanzig Minuten später brachte er Madame Simone ein beeindruckendes Bündel Scheine.

»Danke für Ihre Fürsorglichkeit, Madame Simone. Wir zählen auf Sie.«

Wir? Das waren er und ich. Er vereinte uns bei jeder Gelegenheit in seinen Sätzen. An dem Abend nervte mich diese Annäherung, denn ich machte mir vor allem Sorgen um Mama, aber es würde nicht lange dauern, bis er mich wütend machen würde ...

Als Madame Simone verschwunden war, fragte Mademoiselle Tran den Heiligen Geist: »Wo werden Sie schlafen?«

Ich hätte ihm fast das Sofa angeboten, das Onkel Bamba gerade frei gemacht hatte.

»Keine Sorge. Ich habe ein Zimmer in einem Hotel in der Nähe reserviert.«

Mademoiselle Tran flüsterte mir ins Ohr: »Was für ein Gentleman! Er versucht nicht mal, die Situation auszunutzen ...«

»Nian-nian-nian-nian«, erwiderte ich, Mademoiselle Trans verzückten Ton nachahmend.

Ich war genervt von diesem Mann, der aller Welt gefiel außer mir.

Was hatte meine Mutter nur an ihm gefunden? Er hatte alles.

Als wir uns am nächsten Morgen am Tresen einfanden, reichte Madame Simone dem Heiligen Geist ein Papier, die von den fünf Männern unterschriebene Erklärung, in der sie versicherten, dass sie niemals Anzeige erstatten würden wegen des Schadens, der ihnen bei ihrem Besuch im *Büro* zugefügt worden war.

Der Heilige Geist dankte ihr, faltete das Dokument perfekt zusammen und steckte es in eine Innentasche seiner Jacke, die genau die richtige Größe hatte.

»Uff«, seufzte er. »Ich habe fast meine ganzen Ersparnisse dafür geopfert.«

Er lächelte mir zu. Ich erwiderte es mit einer gleichartigen Grimasse.

»Und was werden Sie jetzt tun?«, erkundigte sich Madame Simone.

Ich warf ihr einen vernichtenden Blick zu. Warum wandte sie sich an ihn? War er innerhalb einer Nacht der Chef geworden? Der unbestrittene Chef? Das Maß aller Dinge? Ich kam mir vor wie in einem Albtraum!

»Ich möchte zwei, drei Tage mit Fatou verbringen, um zu versuchen, sie zu analysieren, dann werden wir entscheiden«, sagte er zu mir gewandt.

Ich schmollte. Er schien beunruhigt.

»Du scheinst skeptisch zu sein, Felix.«

»Wir haben es mit Ärzten und Marabouts versucht. Was bleibt noch übrig?«

»Die Psychologie.«

Wir sahen ihn beeindruckt an. Dieser Begriff verkehrte nicht in unserem Café.

Als die gemeinsame Unterhaltung fortgeführt wurde, setzte ich mich neben Robert Larousse.

»Was ist die Psychologie?«

»Ich bin noch nicht beim Buchstaben P ...« Er stöhnte auf, am Boden zerstört.

»Na, dann schauen wir nach.«

»O nein, das mag ich nicht ... das mag ich nicht ...«

»Was?«

»Von meinem Programm abweichen.«

»Wir werden sagen, dass ich im Wörterbuch nachschaue, nicht Sie.«

»Einverstanden.«

Er reichte mir sein geliebtes Buch. Ich blätterte darin und stoppte auf Seite 2037.

»Psychologie: ›Wissenschaft von der Erscheinung der Geister‹, 1588. Wissenschaftliche Untersuchung der Phänomene des Geistes, des Denkens, Charakteristikum mancher Lebewesen (höhere Tiere, Menschen), bei denen ein Bewusstsein ihrer eigenen Existenz vorhanden ist.«

»Beeindruckend«, kommentierte Robert Larousse und biss sich auf die Unterlippe.

»Oder, Definition Nummer 2: ›Empirische, spontane Kenntnis der Gefühle anderer; Fähigkeit, die Verhaltensweisen zu verstehen, vorauszusehen.‹«

»Noch beeindruckender! Dein Vater fasziniert mich …«

Ich hob den Kopf.

»›Empirisch‹?«

Entzückt leierte Robert Larousse mit halb geschlossenen Augen die Definition herunter: »›Empirisch: Was auf der Ebene der allgemeinen Erfahrung bleibt, nicht rational ist und die Daten der wissenschaftlichen Medizin unberücksichtigt lässt. Synonym: Scharlatan, Heiler.‹«

Als er fertig war, bemerkte er die Gefahr dessen, was er gesagt hatte, und schielte beschämt.

»Entschuldigung. Tut mir leid …«

»Nicht so sehr wie mir …«

Sollte uns ein erneuter Aufmarsch von Betrügern bevorstehen? Wir hatten es in der Tat noch nicht mit Voodoo-Puppen und um Mitternacht bei Vollmond beerdigten Zwiebeln versucht, und auch nicht mit dem Milchzauber.

Der Heilige Geist kam zu mir und sah mich an. Er schien vor Glück zu platzen.

»Madame Simone, Mademoiselle Tran …«

»Ja?«, fragten sie im Chor, ganz Ohr für das, was er sagen würde.

»Das sieht man doch, oder, meine Damen, das sieht man doch?«

»Was?«, fragten sie wie ein Echo.

»Dass wir uns geliebt haben, Fatou und ich.«

Er richtete sich auf und deutete auf mich.

»Felix zeigt in seinen Gesichtszügen die Sanftheit und die Freude der in Liebe gezeugten Kinder. Er trägt das Paradies in seiner Miene, seinem Ausdruck.«

Mit Tränen in den Augen betrachteten Madame Simone und Mademoiselle Tran gerührt meinen Erzeuger und mich. Ich muss zugeben, dass diese Bemerkung mich aus der Fassung gebracht hatte. Mama öffnete, in krassem Gegensatz dazu, eine Flasche Reinigungsmittel.

Der Heilige Geist ging vor mir auf die Knie.

»Wir haben uns abgöttisch geliebt, deine Mutter und ich. Abgöttisch. Niemand hat sie je in meinem Herzen ersetzt. Sie hätte es beinahe gebrochen, als sie mich mit dir verlassen hat.«

Ich hätte nur zu gern erwidert, dass das nicht die Version meiner Mutter war, aber ich verzichtete darauf, denn, wie Madame Simone zu sagen pflegte, jeder hat das Recht auf ein Minimum an Illusionen, um zu überleben. Ich beschränkte mich darauf, ihn zu fragen: »Letzten Endes bist du zufrieden, dass sie krank ist, oder?«

Mein Erzeuger verbrachte drei Tage damit, meine Mutter zu studieren.

Am Ende seiner Beobachtungen verabredete er sich feierlich mit uns bei Einbruch der Dunkelheit im *Büro*. Mama war bei uns, in der Hocke in der Toilette, einen Schrubber in der Hand.

Er setzte sich auf einen Tisch, schlug seine langen Beinen übereinander und erklärte: »Ich habe begriffen.«

Madame Simone, Mademoiselle Tran, Robert Larousse, Monsieur Sophronides und ich, wir nahmen um ihn herum Platz, wie Schüler, die bereit sind, die Worte des Propheten zu empfangen.

Er deutete auf die Flasche Reinigungsmittel, die auf dem Tresen stand, und lieferte uns die letzte Erklärung: »Das Javel.«

»Wie bitte?«

»Fatou hat das Javelsyndrom.«

Seine Behauptung wurde mit nachdenklichem Schweigen aufgenommen. Sie ergab keinerlei Sinn für uns, verwirrte uns aber hinlänglich, um uns aufmerksam zu machen. Er lockerte mehrmals seine schmalen Handgelenke und fuhr fort: »Fatou scheuert alles mit Javelwasser. Warum? Weil sie die Welt reinigen will, die sie verletzt, versucht sie, sie keimfrei zu machen, sie von den Viren, den Belägen, den Mikroben, den Wunden, dem Dreck, den Bakterien zu befreien. Sie will das Übel aus der Welt schaffen. Aber das ist noch nicht alles. Ein entscheidendes Detail gibt uns Auskunft.«

»Welches?«, murmelte Mademoiselle Tran voller Ungeduld.

»Sie hat das Javelwasser gewählt. Wie viel Liter verbraucht sie pro Woche, Madame Simone? Sie führen ja Buch darüber.«

»Fünfundzwanzig Liter. Ein Vermögen. Ich hindere sie nicht daran. Das ist das Einzige, was sie noch interessiert: ihre fünfundzwanzig Liter Javelwasser zu bekommen.«

Der Heilige Geist sah uns an und fragte: »Warum?«

Anstatt zu antworten, wiederholten wir einstimmig: »Warum?«

Die Schüler des Propheten, ich sagte es ja! Der

Heilige Geist besaß eine so magnetische Anziehungskraft, dass die Versammlung an seinen Lippen hing. Er lächelte.

»Weil Fatou danach trachtet, alles zu bleichen.
Das ist das besondere Merkmal des Javelwassers: Es
reinigt nicht nur, es bleicht. Und das ist der sprin-
gende Punkt. Indem sie das Javelwasser wählt,
spricht Fatou nicht nur über die Umwelt zu uns, die
sie zutiefst anwidert, sondern sie spricht vor allem
von sich.«

»Von sich?«, wiederholte Robert Larousse.

Eine Messe, ich versichere es Ihnen! Der Heilige
Geist beugte sich zu mir.

»Felix, erzählte sie von ihrer Kindheit? Ihrem
Dorf? Ihrer Schule?«

»Nein.«

»Ihren Eltern?«

»Äh … nein.«

»Ihren Brüdern, Schwestern?«

»Sie hat nur einen Bruder, Bamba.«

Ich kauerte mich zusammen, um zu verhindern,
dass er mich befragte und mich zwang zu enthül-

len, dass Bamba, mein falscher Onkel, uns ausgeraubt hatte.

»Bamba ist nicht Fatous Bruder«, korrigierte der Heilige Geist.

»Was?«, rief Madame Simone. »Bamba ist nicht ihr Bruder?«

Der Heilige Geist machte ein ernstes Gesicht.

»Bamba ist ein mutiger Mann, der früher eine wichtige Rolle in Fatous Leben gespielt hat, aber er gehört nicht zu ihrer Familie.«

Ich runzelte die Stirn. Woher kannte der Heilige Geist dieses Geheimnis?

Er schien mein Grübeln nachgerade zu hören, denn er präzisierte: »Bamba hat es mir enthüllt. Felix, deine Mutter hatte vier Brüder und drei Schwestern. Hat sie dir davon erzählt?«

»Nein.«

»Hat sie dir von Afrika erzählt? Vom Senegal? Von Mauretanien?«

Bei jedem Namen schüttelte ich den Kopf. Mein Schweigen überraschte mich. Ich hatte diese Dunkelzonen nie bemerkt, da Mama mich immer hatte glauben lassen, ihr Leben hätte mit meinem begonnen; als verwöhntes und unbekümmertes Kind war ich so egoistisch gewesen, es zu glauben.

»Ist sie mit dir in die schwarzen Viertel von Paris gegangen? La Goutte-d'Or, Château-Rouge, Strasbourg–Saint-Denis, der Marché Dejean?«

»Sie hasste diese Orte und verbot mir, in die ›Gettos‹ zu gehen. Auch nicht, um zum Friseur zu gehen oder Klamotten zu kaufen.«

»Du bestätigst meine Diagnose. Fatou hat ihre Wurzeln durchtrennt. Sie treibt. Sie wollte ihre Geschichte, ihre Herkunft auslöschen. Aber wenn man keine Vergangenheit mehr hat, hat man auch keine Gegenwart mehr, und noch weniger eine Zukunft.«

Und da, in genau diesem Augenblick, erlebten wir das Schlimmste: Als wollte sie dem Heiligen Geist recht geben, goss Mama unverdünntes Javelwasser auf einen Schwamm und begann, ihre Arme abzureiben. Obwohl sie das Gesicht vor Schmerzen verzog, hörte sie nicht auf.

»Mein Gott!«, rief Madame Simone. »Sie verätzt sich!«

Der Heilige Geist stürzte zu ihr und entriss ihr die Flasche und den Schwamm. Ratlos und mit leeren Händen, dachte sie ein paar Sekunden nach, dann begann sie von Neuem.

Er hielt sie mit allem Nachdruck davon ab. Plötzlich teilnahmslos, gab sie ihren Plan auf und setzte sich niedergeschlagen auf einen Stuhl. Nichts existierte mehr für sie. Unsere Blicke und unsere Worte glitten an ihr ab.

»Gut, jetzt, da sie sich selbst verletzt, haben wir keine Wahl mehr«, sagte Madame Simone. »Wir müssen sie einweisen. Ich rufe den Notarzt.«

»Auf keinen Fall!«, rief der Heilige Geist und hielt sie davon ab.

Zum ersten Mal fand ich ihn sympathisch.

»Was dann?«, fragte Mademoiselle Tran.

»Man muss sie nach Hause bringen. Wenn sie wiedergeboren werden soll, muss das dort geschehen, wo sie bereits geboren wurde.«

»Ich versteh nur Bahnhof«, sagte Madame Simone und seufzte.

Der Heilige Geist packte Mama am Arm – sie

folgte ihm ebenso gefügig wie gleichgültig –, stellte sich vor mich und befahl: »Pack deinen Koffer, Felix! Wir reisen ab. Deine Mutter braucht Afrika. Nur Afrika wird sie heilen können.«

*

Seit wir mit dem Flugzeug im Senegal gelandet waren, fühlte ich mich unbehaglich. Nicht unbehaglich, wie man sich in einem unbequemen Bett, auf einem unbequemen Stuhl oder in einem ungemütlichen Zimmer fühlt, nein, ein inneres Unbehagen, tief in mir drin, auf meiner Haut, in jeder Faser meines Körpers. Die Gerüche, die Hitze, die Farben, das Licht, die Geräusche, die Mattigkeit, die Rhythmen, die Nähe der Körper, nichts kam mir vertraut vor, alles erschütterte mich.

Mama, der Heilige Geist und ich, wir gingen durch die Straßen von Dakar auf der Suche nach unserem Hotel, bahnten uns unseren Weg zwischen den zahlreichen Passanten, den auf dem Boden ausgebreiteten Waren, den dahinrasenden Fahrrädern und den laut hupenden Autos. Ich fühlte mich bedroht. Die Leute bewegten sich nicht im Pariser Tempo, mal langsamer, mal schneller, und die Städter streiften sich, rempelten sich an, berührten sich, ohne dass irgendjemand daran Anstoß nahm.

Das Ende einer Welt: Ich war nicht mehr der einzige schwarze Junge! In Paris fiel ich durch meine Hautfarbe auf, erregte Aufmerksamkeit; sicher, von Zeit zu Zeit brachte sie mir die Beschimpfung eines bescheuerten Rassisten ein, aber ich lachte darüber, denn, wie Mama sagte: »Wenn er ein Idiot ist, so ist das zuallererst sein Problem, und sicher ein großes Problem für ihn.« Hier, inmitten von Dunkelhäutigen, war ich abgewertet, abgeschrieben, normal. Auch Mama wurde eins mit der Umgebung. Bei zehn, dann hundert, dann tausend Frauen fand ich ihre Pigmentierung, ihre Gesichtszüge, die Merkmale ihres Körpers wieder. Anfangs hielt ich sie für Tanten, für Cousinen, bis mich ihr Gewimmel mit der grausamen Realität konfrontierte: Ich wohnte Mamas Entthronung bei.

Man stahl ihr ihre Krone. Obwohl sie immer noch strahlend schön war, wurde sie weniger kostbar. Als Schwarze in Schwarzafrika verloren wir unsere Privilegien; ich zog es vor, schwarz in Paris zu sein.

Dem Heiligen Geist, der sich mit seiner üblichen Gelassenheit den Weg durch die Menge bahnte, blieb ein derartiges Martyrium erspart; hier wie anderswo blieben die Leute stehen, um ihn zu bewundern. Ich gebe zu, dass ich, gedemütigt, weil ich zur Masse degradiert wurde, flüchtig davon träumte, ihm eines Tages zu ähneln, wie Mama mir versprochen hatte.

Im Hotel brachte er Mama und mich in einem großen Zimmer unter und bezog selbst ein mittelgroßes neben dem unseren. Während wir uns frisch machten, empfand ich das Bedürfnis, mehr über ihn zu erfahren.

»Bist du schon mal in Afrika gewesen?«

»Für mich ist es wie für dich das erste Mal. Komm her, damit ich dich eincreme.«

Der Heilige Geist hasste die Mücken; schon in Paris hatte er uns gezwungen, Nivaquine zu schlucken, um der Malaria vorzubeugen; während des Flugs hatte er uns mit Insektenschutzmitteln eingecremt und jetzt wiederholte er es.

»Im Senegal droht die Gefahr nicht von den großen Tieren, Nilpferden und Krokodilen, sondern von den kleinsten, den Mücken.«

Er cremte Mamas Arme ein. Ich fragte weiter.

»Woher bist du?«

»Von den Antillen. Den französischen Antillen. Die Blumeninsel. Kennst du sie?«

»Nein.«

»Man nennt sie auch Martinique.«

»Dann bist du also kein Afrikaner.«

»Afrika lebt in meinen Genen, nicht in meinen Erinnerungen, im Unterschied zu deiner Mutter. Meine Vorfahren haben Afrika im siebzehnten Jahrhundert verlassen. Na ja, unsere Vorfahren, Felix.«

Ich wollte immer noch seinem Gebrauch des *wir* Einhalt gebieten. Vorsicht! Nicht so eilig. Schließ mich nicht zu schnell mit ein. Ich weiß nicht, ob ich deine Vorfahren will.

»Was machten sie?«

»Sklaven.«

»Was?«

»Sklaven. Man hatte sie in Afrika gefangen und deportiert.«

Er hatte mich zur Salzsäule erstarren lassen. Meine Vorfahren Sklaven? Ich ein Urenkel von Sklaven? Ein Abkömmling von Opfern? Sicher nicht! Dieser Heilige Geist hatte nichts als Hiobsbotschaften für mich ... Ich griff ihn an.

»Mamas Vorfahren waren schlauer als deine.«

»Wie bitte?«

»Man hat sie nicht gefangen. Sie sind hiergeblieben, frei.«

Der Heilige Geist rieb sein untadeliges Kinn.

»Das kann man so sagen, Felix. Du hast nicht unrecht.«

Ich schäumte vor Wut! Man konnte ihn einfach nicht ärgern. Es würde mir nie gelingen, den Heiligen Geist dazu zu bringen aufzubrausen. Ich begann mich zu fragen, ob er überhaupt merkte, dass ich ihn immer häufiger angriff ... Begierig, dieses

Gespräch zu beenden, holte ich mein Telefon heraus und tat so, als würde ich neue Nachrichten lesen. Es war wie verhext! Ich hatte zwölf glückliche Jahre ohne Vater verbracht, und jetzt rückte mir einer auf die Pelle, der nicht einen Fehler hatte. Verdrossen dachte ich an meine Schulkameraden, die sich über ihren »Alten« beklagten, der nichts kapierte, nichts auf die Reihe brachte, ihren »Erzeuger«, der sie beschimpfte, schlug, ihre Mutter betrog. Wie ich sie beneidete ... Ja, nicht jeder hat das Glück, einen unvollkommenen Vater zu haben!

Während ich schmollte, ging der Heilige Geist mit Mama durch die Straßen Dakars; er ließ sie in die afrikanische Atmosphäre eintauchen, in der Hoffnung, dass manche Eindrücke ihre Erinnerung und ihre Aufmerksamkeit wecken würden. Mama ließ sich teilnahmslos von ihm führen; als sie zurückkamen, stellte ich jedoch fest, dass kein Funke von Klarheit in ihrem Blick aufleuchtete.

Am nächsten Tag machten wir uns auf den Weg.

Richtung? Der Senegalfluss. Dank Bamba hatte der Heilige Geist auf der Karte den Ort ausfindig gemacht, wo Mama ihre Kindheit verbracht hatte.

Ich wehrte mich nicht gegen diese Reise. Vielleicht glaubte ich tief in mir sogar, dass sie eine Chance bot, Mama aus ihrer Erstarrung zu reißen. Leider war sie von meinem Erzeuger gewollt, ausgearbeitet und geplant worden. Mich ihm zu unterwerfen war mir zuwider, weil ich es mehr als lächerlich fand, dass der Heilige Geist nach zwölf Jahren Abwesenheit plötzlich den Familienvater spielte – okay, diese Abwesenheit war dem Heiligen Geist von meiner Mutter aufgezwungen worden, aber sicher hatte sie auch gute Gründe dafür gehabt.

Wir fuhren bis Saint-Louis, eine Stadt, die mich weniger verwirrte als Dakar, mit ihren eleganten, weiß gekalkten Häusern, ihren Geländern aus Schmiedeeisen und ihren Ziegeldächern. Als er mein Lächeln sah, während wir durch die breiten Straßen fuhren, murmelte der Heilige Geist sarkastisch: »Eine weiße Stadt, erbaut von den Weißen. Eine Erinnerung an den Kolonialismus.«

Ich reagierte nicht, verdächtigte meinen Erzeuger aber im Stillen, sich über meine spontane Begeisterung lustig zu machen. Sollte er etwa hinterlistig sein? Diese Hypothese beruhigte mich ...

Nach einer erholsamen Siesta im Jeep verließen wir die asphaltierte Straße, um auf einer sandigen Piste weiterzufahren. Auch wenn das Unbekannte mich erschreckte, freute ich mich über die Veränderung, so sehr hatte ich die Eintönigkeit der Kilometer verabscheut, die wir zurückgelegt hatten. Eine immer gleiche, leere, triste Landschaft, gegliedert durch Mangrovenbäume, sich zum Verwechseln ähnelnde Dörfer – niedrige Häuser, Lkws, Läden –, staubige Felder, ein Schaf, Wiesen mit mickrigen Pflanzen, ein Schaf, die Mauern eines riesigen prächtigen und einsamen Anwesens, erneut staubige Felder, ein Schaf, Wiesen mit mickrigen Pflanzen, ein Mangrovenbaum, öde Marktflecken ... Früher war mir nie aufgefallen, wie sehr die Architektur im Grunde nichts anderes als ein Spiel mit Würfeln ist. Schachteln aus Erde, Schachteln aus Ziegeln, Schachteln aus Brettern: Quader.

Was für ein Land. Was nicht gebaut war, war flach; was nicht flach war, war absolut belanglos. Ich schloss daraus, dass Afrika seine Fähigkeit, mich zu überraschen, erschöpft hatte.

Der Jeep keuchte und kämpfte mit Steinen, Spalten und Gräben. Durch das ständige Hüpfen brannte mein Hintern. Mama, die auf dem Rücksitz lag, wurde durchgerüttelt wie ein Wäschesack, mit geschlossenen Augen, stoisch.

»Ich denke, wir sind am Ziel.«

Die Piste wurde immer schmaler. Je langsamer wir fuhren, desto schlimmer wurden die Erschütterungen; bei diesem Rhythmus würde ich, wenn der Wagen nicht auseinanderbrach, einen Arm oder ein Bein verlieren.

Ich erkannte Holzbaracken mit spitzen Strohdächern. Der Heilige Geist brachte das Fahrzeug zum Stehen, bevor wir völlig ausgerenkt waren.

Kinder umdrängten neugierig unseren Geländewagen. Eine Venus kam uns entgegen, in einer rotgoldenen Tunika, sich wiegend, statuenhaft, einen Wäschekorb so groß wie sie auf dem Kopf.

Der Heilige Geist begann ein Gespräch, das etwas Akrobatisches hatte, da sie sich auf Wolof ausdrückte; ich wollte mich daran beteiligen, als Mama sich auf der Rückbank aufrichtete.

Zum ersten Mal erkannte sie, was sie umgab, nahm es durch die Haut, die Nase wahr. Sie atmete tief ein, zitterte. Mit neugierigem Gesichtsausdruck stieg sie aus dem Wagen und drehte sich mehrmals auf dem Weg.

Ich beobachtete sie, ohne mich zu rühren. Auch der Heilige Geist überwachte sie aus dem Augenwinkel, ohne das Gespräch zu unterbrechen.

Mama bedeckte ein paar Sekunden lang die Augen, um einen majestätischen Baum zu erkennen, der grünen Schatten spendete. Sie ging zu ihm und berührte den Stamm; dann schwankte sie, als würde ihr der Strom abgedreht, und stürzte zu Boden.

Ich rannte zu ihr, der Heilige Geist ebenfalls.

Wir lehnten Mama mit dem Rücken an die Akazie. Eine erschreckende Blässe überzog ihr Gesicht. Das Atmen fiel ihr schwer.

»Fatou! Fatou! Mach die Augen auf! Fatou!«

Zu Tode erschrocken, schrie ich plötzlich: »Mama!«

Sie öffnete die Augen. Als sie mich bemerkte, deutete sie ein Lächeln an, dann verwirrten sich ihre Sinne wieder. Sie stöhnte. Schauer gingen durch ihren Körper.

»Friert sie?«

»Nein, sie hat Fieber«, sagte der Heilige Geist.

»Warum?«

»Denguefieber und Gelbfieber schließe ich aus, denn sie ist in Frankreich geimpft worden. Malaria? Ich habe sie mit Nivaquine vollgepumpt.«

Er wandte sich der Venus zu, die uns gefolgt war. Diese nickte und machte auf dem Absatz kehrt.

Mama zitterte weiter. Schweiß perlte auf ihrer Stirn, ihren Schläfen und ihren Armen. Ein in ihrem Inneren verborgener Shaker schüttelte sie.

Die Dorfbewohner kamen, geführt von der Frau in der rot-goldenen Tunika. Sie bildeten einen Kreis um uns, beobachteten Mama und machten Bemerkungen, deren Bedeutung mir verborgen blieb.

»Das beunruhigt mich, Felix. Ich habe nur Aspirin in meiner Reiseapotheke.«

»Ich werde es holen!«

Als ich aufstand, um zum Jeep zu laufen, löste der Kordon sich auf, und die Dorfbewohner bildeten ein Ehrenspalier; ein alter Mann, dessen Brust mit Amuletten bedeckt war, näherte sich.

»Guten Tag, ich bin Papa Loum, der Heiler«, stellte er sich in einem singenden Französisch vor.

Er kniete vor Mama nieder, und sofort ging eine Art ruhiger Energie von ihm aus, die uns Mut machte.

Er schien mir eher tausend als hundert Jahre alt zu sein. Seine rissigen, faltigen, steifen Finger formten Mamas Wangen nach, während er sie mit den Augen, zwei Löchern in seinem verwelkten Gesicht, eingehend musterte. Er sprach mit einer leicht näselnden Stimme zu ihr, mit runden Vokalen und scharfen Konsonanten; obwohl ich kein Wort verstand, spürte ich ihre Wirkung. Mama vermutlich auch, denn sie zitterte weniger stark.

Mit einer Handbewegung verlangte er Wasser. Man brachte eine Kalebasse; er nahm sie und führte sie behutsam an Mamas Lippen. Reflexhaft oder willentlich öffnete sie sie und trank.

Ich betrachtete den Körper des Heilers. Seine Muskeln waren nur noch Bänder, die seine körnige Haut spannten, deutlich sichtbar an den Gelenken, ununterscheidbar von den Adern längs der Arme und Beine. Seine Füße, schuppig, schwielig und rissig, erinnerten an die von Eidechsen.

Nachdem Mama ihren Durst gestillt hatte, schlug der Heiler vor, sie zu ihm zu bringen, um sie behandeln zu können.

Der Heilige Geist war einverstanden – er benahm sich wie Mamas Ehemann! Mehrere Dorfbewohner transportierten Mama zu einer Hütte mit Strohdach; dort legten sie sie auf Matratzen und Kissen, die mit unzähligen Stoffen bedeckt waren.

Der Heiler dankte ihnen und behielt nur den Heiligen Geist und mich bei sich.

»Ich stelle euch Archimède vor, meinen Beschützer.«

Wir suchten diesen Mann im Halbdunkel zwischen den Antilopenhörnern und Nilpferdschädeln.

»Da«, sagte er und deutete auf den Boden.

Ein sandfarbener Hund mit sanften dunklen Augen wedelte mit dem Schwanz, die Ohren auf uns gerichtet.

»Archimède assistiert mir.«

Der Heilige Geist lächelte unwirsch. Der Heiler deutete mit dem Kinn auf Mama.

»Wer ist diese Frau?«

»Fatou N' Diaye.«

Der Heiler erbebte, als er diesen Namen hörte.

Der Heilige Geist reagierte sofort, fast platzend vor Ungeduld.

»Kennen Sie sie?«

Papa Loum blinzelte und schüttelte den Kopf; an der Art, wie er es tat, war jedoch zu erkennen, dass er log und vielleicht doch mehr wusste.

Der Heilige Geist erzählte die Geschichte von Mama in Paris; als er die Gründe für unsere Reise darlegte, unterbrach Papa Loum ihn.

»Ihr habt recht, dein Sohn und du.«

Er betrachtete Mama, ihre Krämpfe, ihren gelblichen Teint und ihren kraftlosen Körper, der manchmal wimmernde Laute von sich gab.

»Ich hoffe, dass es nicht zu spät ist.«

Er legte die flache Hand auf Mamas Stirn.

»Sie ist sehr heiß. Ich fürchte, dass …«

»Was?«

Vor und zurückwippend, dachte er nach, zählte mit seinen Fingern, massierte seine altersschwachen Ellbogen und sagte endlich: »In zwei Tagen, Vollmond. Wenn Fatou den dritten Tag übersteht, wird eine Heilung möglich sein.«

Der Heilige Geist richtete sich auf.

»Moment mal! Sie könnte in drei Tagen sterben?«

»Ja. Das Fieber …«

»Ich fahre nach Saint-Louis zurück. Im Krankenhaus werden sie ihr Antibiotika geben, entzündungshemmende Mittel, Cortison …«

»Wie du willst, aber in Saint-Louis werden sie sie dir, auch wenn sie das Fieber beseitigen, stumm zurückgeben, verschlossen, mit milchigem Blick, wie in den letzten Wochen. Wohingegen sie sich, wenn du bleibst, vielleicht vollständig erholen wird.«

»Zu gefährlich.«

»Ich werde ihr Kräuter gegen das Fieber geben.«

»Ihre ärztlichen Diplome?«

»Ich bin Heiler seit achtzig Jahren.«

»Ist das ein Diplom?«

»Und Sohn eines Heilers.«

»Tut mir leid, das Risiko ist mir zu groß.«

»Weil du nicht erkennst, was ihr Fieber bedeutet. Du hältst es für eine Krankheit, aber es hat heilende Wirkung. Dadurch befreit deine Frau sich von der Krankheit. Das Fieber ist ein Zeichen für ihre Genesung. Es reinigt sie. Deine Frau sehnt sich nach Vergebung, sie beginnt mit der Arbeit.«

»Unsinn!«

Wütend ging der Heilige Geist zu Mamas Lager. Der Heiler ließ nicht locker.

»Wann ist dieses Fieber aufgetreten?«

»Unter dem Baum!«, sagte ich energisch.

Ich wandte mich dem Heiligen Geist zu, der sich anschickte, Mama hochzuheben.

»Wir bleiben!«, schrie ich.

Der Heilige Geist beachtete mich nicht und fuhr fort, seine Hände unter Mamas Achselhöhlen zu schieben, um sie richtig fassen zu können.

»Wir bleiben!«, wiederholte ich.

Herablassend schüttelte er den Kopf.

»Wie alt bist du, Felix?«

»Zwölf Jahre, drei Monate und vierzehn Tage. Reicht das, oder willst du auch die Stunden wissen?«

»Du bist zu jung, um zu entscheiden.«

»Und du bist nichts, um zu entscheiden.«

»Ich bin dein Vater.«

»Du hast vielleicht Macht über mich. Aber nicht über sie. Du bist nichts für sie.«

Impulsiv wandte ich mich an den Heiler.

»Nach meiner Geburt ist sie mit mir weggegangen. Sie hat ihm nicht unsere Adresse gegeben. Sie wollte ihn weder als Ehemann noch als Lebensgefährten. Er hat kein Recht, für sie zu entscheiden.«

Der Heiler legte die Stirn in Falten.

»Ich glaube, Felix ahnt, was für seine Mutter gut ist und was nicht.«

Der Heilige Geist ließ Mama los, schwankte, zögerte und ging dann bestürzt vor mir in die Hocke.

»Hasst du mich, Felix?«

»Nicht mal das.«

Seine Augen wurden feucht. Ich hatte ihn verletzt. Es ging ihm schlecht. Sein Kiefer zuckte. Es ging ihm sehr schlecht. Bis jetzt hatte ich nicht einen Moment geglaubt, dass seine Liebe zu mir aufrichtig war. Jetzt entdeckte ich es; und das berührte mich zutiefst.

Fast ohne es zu merken, ergriff ich seine zitternde Hand und flüsterte: »Bitte, Papa. Bleiben wir hier. Bitte.«

Was war los mit mir? Ich hatte ihn nie Papa genannt.

Er sah mich überrascht an, umarmte mich spontan und stammelte: »Natürlich, Felix. Sie ist deine Mama, du entscheidest. Ich gehorche dir.«

Und er schluchzte, am Ende seiner Kräfte, an meiner Schulter.

An den Tagen zuvor hätte es mich mit größter Befriedigung erfüllt, den Heiligen Geist so zu verunsichern, dass er zusammengebrochen wäre und zu heulen begonnen hätte, oh ja, ich hätte gejubelt darüber, ihm die Macht entzogen zu haben. Doch in dem Augenblick in der Hütte des Heilers fühlte ich mich verwundbar – wie er –, unsicher, die richtige Entscheidung zu treffen – wie er –, begierig, meinem Kummer Ausdruck zu geben – wie er –, und es beruhigte mich, meine Ängste mit jemandem zu teilen. Als er mich küssen wollte – noch ein erstes Mal! –, ließ ich ihn gewähren. Nicht gerade toll, dieser Kuss, wenig brillant, feucht, denn der Heilige Geist weinte, ich auch, Zusammenprall tränenüberströmter Wangen, es mangelte an Männlichkeit, aber es war mir scheißegal, wie ein Schwächling zu wirken; wenn mein Vater, der die Mengen faszinierte, das männliche Ideal, der Hengst der Frauen, ebenso sehr heulte wie ich, dann musste ich mir von niemandem etwas sagen lassen!

Papa Loum behielt Mama also bei sich und kümmerte sich um unsere Unterbringung.

Den Heiligen Geist quartierte er in der Stroh-
hütte der Schmuggler ein, die häufiger von Kis-
ten voller Tee oder Zucker belegt war als mit den
Schiebern, die diese Waren in Einbäumen aus
Mauretanien herbrachten. Mein Vater freute sich,
als er die Spinnweben und die von der Decke hängenden Fledermäuse zählte.

»Fantastisch!«, rief er, während er sich mit Zi-
tronenmelisse eincremte. »Die natürlichen Ar-
meen gegen diese Scheißmücken halten die
Stellung.«

Was mich betraf, so schlug Papa Loum Yous-
souf, der mit seinen zwei Frauen und seinen sieb-
zehn Kindern in zwei Zimmern wohnte, vor, mich
aufzunehmen. »Wenn Platz für neunzehn ist, dann
auch für zwanzig!«, bestätigte Daba, seine erste
Frau, lachend.

Angesichts meines erschrockenen Gesichtsaus-
drucks legte der Heiler mir die Hand auf die Schulter.

»Ich werde dir helfen, falls du fürchtest, nicht
schlafen zu können.«

Er holte ein kieselförmiges Stück Holz aus einer seiner Taschen.

»Das ist Ebenholz, die Essenz, die einem einen gesunden Schlaf verschafft. Du legst es auf deine linke Hand, gibst drei Tropfen Wasser darauf, knetest deine Handfläche, führst es dir dreimal über den Kopf und schiebst es unter deine Matratze.«

Ich brauche nicht zu sagen, dass ich am Abend, als ich zwischen dem fünfzehnjährigen Ältesten und der Eingangstür eingeklemmt war, das besagte Ritual ausführte. Müde wegen der Aufregung? Wirksamkeit des Ebenholzes? Ich schlief wie ein Stein.

Am Morgen holte Papa Loum, der Heiler, meinen Vater und mich mit besorgtem Gesichtsausdruck und gerunzelter Stirn zu sich.

»Fatou hatte die ganze Nacht Schüttelfrost. Sie kämpft einen schwindelerregenden Kampf. Wir müssen sie zum Fluss bringen.«

»Warum zum Fluss?«

»Der Fluss ist seit ihrer Kindheit ihr Freund.«

Er reichte uns einen Plastikkanister.

»Gießt diese Flüssigkeit da hinein. Ich habe sie vorbereitet.«

Er deutete auf drei große Schalen mit reinem Wasser, die vor seiner Hütte standen.

»Mondwasser.«

Ich betrachtete es aufmerksam, ohne irgendetwas Besonderes feststellen zu können.

Papa Loum erklärte mir: »Das Wasser hat heute Nacht den Mond empfangen. Zehn Stunden lang hat der Mond sein Bild und seine Eigenschaften darauf übertragen. Das Mondwasser dient zur Behandlung der Frauen, während das Sonnenwasser zur Behandlung der Männer dient.«

Er fügte Decken, einen Kocher, einen Sack Reis und ein Netz Erdnüsse hinzu.

»Ah, ich vergaß das Fahrradhuhn.«

Er steckte ein mageres, gerupftes Huhn mit langen Beinen in eine Umhängetasche aus Leinen. Vier dürre Herkulesgestalten kamen zu uns, grüßten uns ausgesprochen herzlich und legten Mama, kreidebleich und wimmernd, auf eine improvisierte Trage.

»Gehen wir, Archimède!«

Angeführt von dem sandfarbenen Hund, machte sich unser Konvoi auf den Weg zum Fluss.

Ich hatte Mama noch nie so krank gesehen … Ihr früherer innerer Autopilot hatte sich abgeschaltet; sie schaffte es nicht mehr, aufzustehen, sich zu setzen, zu gehen, zu essen. Ihre letzten Kräfte waren aufgebraucht. Nach ihrem Geist vergiftete die Krankheit jetzt ihren Körper.

In dem Dorf, das uns aufgenommen hatte, beschränkte sich die Vegetation abgesehen von der einzigen Akazie auf Dornensträucher; je mehr wir uns dem Wasserlauf näherten, desto mehr veränderte sich die Savanne; überall wuchsen Sträucher. Ein paar Stunden später ragten Bäume auf, Kapokbäume, Palmen, Mangobäume, Affenbrotbäume. Unter anderen Umständen hätte ich an den riesigen Termitenhügeln Gefallen gefunden, in meiner übergroßen Sorge sah ich in ihnen jedoch Hügel von Erbrochenem, erdige Eingeweide, kurz, kranke Körper, wie der von Mama.

Während unserer Fahrt hatten wir bemerkt, dass

der Senegalfluss mal einer breiten Autobahn ähnelte und sich mal in zahlreiche Arme verzweigte. In eines dieser Labyrinthe führte uns Papa Loum, oder vielmehr Archimède, selbstbewusst auf seinen dünnen Beinen, Schnauze voraus, wie ein Rudelführer. Wir drangen in einen Galeriewald ein, in dem die Zweige sich über den Nebenflüssen berührten, während Insektenschwärme in den Sonnenstrahlen kreisten, die das Geäst durchbrachen. Ein Warzenschwein flüchtete, als es uns hörte.

Auf Befehl von Papa Loum setzten die Kraftkerle Mama ans Flussufer, die Beine im Wasser.

Sie öffnete die Augen und hörte auf, mit den Zähnen zu klappern.

Nachdem sie sich herzlich verabschiedet hatten, machten die Träger sich auf den Rückweg.

Beunruhigt beobachtete der Heilige Geist die Geschwader von Raubvögeln, horchte auf ihr Kreischen, ihre Pfiffe; getreu seiner stoischen Haltung gelang es ihm, eine scheinbare Gelassenheit zu bewahren. Ich nahm ihn mir zum Vorbild, um nicht wegzulaufen, denn sobald ich drei Skorpione zwischen den Felsen verschwinden gesehen hatte, war mir bewusst geworden, dass Tausende, ja Millionen feindlicher Lebewesen diesen angeblich verlassenen Ort belagerten.

Der Heiler legte im Halbkreis Steine um Mama, während er Zauberformeln sprach. Der Heilige Geist erklärte mir, dass er sie segne. Er begann zehn-, zwanzig-, dreißigmal von vorn ... Diese Litaneien schläferten mich ein beziehungsweise führten mich an die Grenze, die Hypnotisch von Unerträglich trennt. Auf welcher Seite würde ich landen? Würde ich es unerträglich finden, weil diese ständige Wiederholung unverständlicher Formeln an meinen Nerven zerrte? Oder würde es mich hypnotisieren, weil dieser immer gleiche Singsang mich wiegte?

Da Mama sich beschützt fühlte, legte sie sich auf den Rücken, die Arme gekreuzt, und lächelte das Blätterdach an. Die Zeremonie endete.

»Ein Teil von ihr drückt das Glück aus, hier zu sein«, flüsterte der Heiler uns zu.

Dieser Teil behielt nicht lange die Oberhand. Nach zwanzig Minuten begann Mama erneut zu stöhnen und zu zittern.

Der Heiler zog sie aufs Ufer und wickelte sie in Decken.

»Sie ist immer noch weit weg, sehr weit weg«, sagte er und seufzte.

Seltsame Tierschreie drangen durch das Geäst, das sich verdunkelte. Die Mücken, die sich bewusst waren, dass ihnen nur ein kurzes Zeitfenster blieb, griffen uns unbarmherzig an, vor allem den Heiligen Geist, der mit seiner Insektizidbombe zurückschlug. Ich hatte mich auf einen Baumstumpf zurückgezogen und gab mich der herabsinkenden Abenddämmerung hin.

In der Nacht wurde es unerwartet kalt.

Der Heiler entzündete in einem Sandquadrat ein Feuer, um das wir uns gruppierten, um uns zu wärmen und der bedrückenden Dunkelheit zu entfliehen. Archimède brachte uns regelmäßig trockene Holzstücke, die dem Feuer Nahrung gaben.

»Deswegen nennen Sie ihn Ihren Assistenten«, sagte der Heilige Geist, um sich ein wenig liebenswürdig zu zeigen.

»Heute Abend wird Archimède uns noch mehr helfen. Er sieht in der Dunkelheit.«

»Er wird uns vor den wilden Tieren beschützen«, knurrte mein Erzeuger kopfschüttelnd. »Hyänen, Schakale, Warzenschweine …«

»Oh, also … das Tier ist nur dann eine Bedrohung, wenn du es nicht verstehst.«

»Trotzdem! Man hat von Hirten berichtet, die von Hyänen angegriffen und verschlungen wurden!«

»Natürlich …«, flüsterte der Heiler mit zusammengekniffenen Lippen, als würde man ihm ein Spiel für Ammen zumuten. »Wenn es nur das wäre …«

»Was wollen Sie damit sagen?«

Diesmal hatte der Heilige Geist die Kontrolle verloren; er war laut geworden. Papa Loum beugte sich zu uns und erklärte mit rauer Stimme: »Archimède sieht in der Finsternis, versteht ihr? Die Loabés warnen uns vor schlimmeren Gefahren als wilde Tiere; sie spüren die Geister und die Dämonen auf, die nachts erwachen.«

»Was?«, rief ich.

Mit den Hyänen, Schakalen und Warzenschweinen hatte ich das Maß dessen, was mich in Panik versetzte, bereits überschritten. Mussten jetzt auch noch Geister hinzukommen? Schlimmer noch, sadistische, wütende, mörderische Geister?

»Sie jagen Felix Angst ein«, schimpfte mein Vater.

Der Verräter! Er machte sich in die Hose, genau wie ich, spielte aber weiter den Coolen. Heuchler, treulose Tomate!

Der Heiler runzelte die Stirn.

»Ich hoffe sehr, dass Felix Schiss hat, denn sonst wäre er ein Dummkopf!«

Tolle Antwort, danke, Papa Loum.

Er fuhr fort: »Der Kosmos kennt keinen Frieden; ständig prallen Kräfte aufeinander, ein Gleichgewicht ist nie von Dauer. Um uns herum wimmelt es von Wesenheiten, Seelen von Menschen, Seelen von Tieren, Seelen von Bäumen, dem Geist des Flusses, dem Geist des Buschs, dem Geist des Windes, die wir nicht verärgern dürfen. Wenn wir all die geistigen Kräfte wahrnehmen würden, würde man sich nicht mehr trauen, einen Fuß vor den anderen zu setzen.«

Der Hund begann gotterbärmlich zu jaulen.

Papa Loum deutete auf ihn.

»Er sieht sie. Ein furchtbares Privileg, um das ich ihn nicht beneide.«

Ich erschauerte. Sein Jaulen hielt an, heiser, schaurig, ängstlich, unterbrochen von flüchtigem, schmerzerfülltem Atmen.

Papa Loum fasste mich am Arm und versuchte mit diesem Griff, seine Ruhe auf mich zu übertragen.

»Archimède hält Wache. Er wird die bösen Geister daran hindern, sich zu nähern. Ruhen wir uns aus. Leg dich hin, Felix. Benutze das Ebenholz.«

Das kieselförmige Stück Ebenholz, das ich behalten hatte, tat seine Wirkung. Allerdings vermochte es nicht, mich weiterschlafen zu lassen, als

Mama schrie. Denn sie schrie jetzt, sie schrie alle paar Stunden, sie schrie mit all ihren armseligen Kräften. Ihre Hilflosigkeit quälte mich. Nach zehn Minuten des Wimmerns schlief sie wieder ein. Ich brauchte länger …

Im Morgengrauen stellte ich an seinen abgespannten Gesichtszügen fest, dass der Heilige Geist kein Auge zugemacht hatte. Zum ersten Mal war seine unerträgliche Schönheit wie weggeblasen. Sein Gesicht war verzerrt, seine Lider waren gerötet, und er litt unter nervösen Zuckungen. Er zitterte vor Angst.

Der Tag und die folgende Nacht würden entscheidend sein, entweder wurde Mama gesund – oder sie starb. Der Heiler wich ihr nicht von der Seite. Nachdem er sie mit Talismanen und Halsketten mit Amuletten bedeckt hatte, kitzelte er sie mit einem Federwisch und flüsterte ihr unaufhörlich ins Ohr. Er lehnte eine Figur an ihren Schenkel, nach der ich sofort griff.

»Was ist das?«

»Das Totem eures Clans.«

»Mein Clan?«

»Der Clan, dem die N' Diayes angehören.«

»Sie kennen uns?«

Er zuckte die Achseln. Ich drehte das Totem hin und her und erkannte, ins Holz geschnitzt, einen Löwenkopf auf einem winzigen Körper.

»Das Totem des Löwen ist die Verbindung deiner Mutter. Ihre Verbindung mit der Natur. Ihre Verbindung mit ihren Ahnen. Sie leidet, weil sie von ihnen entfernt ist. Was hat sie in letzter Zeit gegessen?«

»Körner … Früchte und Körner.«

»Kein Fleisch?«

»Nicht, seit sie krank geworden ist.«

»Das dachte ich mir. Wenn man den Löwen als Totem hat, kann man nicht zum Pflanzenfresser werden, ebenso wenig wie der Löwe. Fatou hat ihre Verbindungen abgeschnitten. Deswegen wohnt sie nirgends mehr; sie irrt herum, treibt ab, wandert umher, ohne Bindungen, ohne Orientierungspunkte, verirrt! Eine Blume, die sich für einen Schmetterling hält. Sie wird sterben, wenn …«

»Wenn was?«

»Wenn sie sich nicht wieder verbindet.«

»Verbindet?«

Er schwieg. Man bekam niemals mehrere Antworten von ihm; er zog sich rasch aus der Unterhaltung zurück und hing wieder seinen Gedanken nach.

Ich ging zum Heiligen Geist, der im Schneidersitz unter einer Tamarinde saß. Über eine Bibel gebeugt, einen Rosenkranz in der Hand, murmelte er Gebete. Verblüfft setzte ich mich neben ihn.

»Bist du Christ?«

»Ja. Tiefgläubig. Und du?«

Seine Frage verwirrte mich. Ich dachte nach, sah undeutlich mehrere Optionen, zögerte, verzichtete schließlich und begnügte mich damit, zu sagen: »Ich weiß nicht ...«

»An wen wendest du dich, wenn du Angst hast und wenn du verstehen willst?«

Spontan erwiderte ich: »An Mama.«

Mama war meine einzige Zuflucht. Mama war meine einzige Liebe und mein Vorbild für die Liebe. Mama war meine Religion.

Mit Tränen in den Augen strich der Heilige Geist mir zärtlich übers Haar.

Sie knirschte mit den Zähnen. Die Fieberanfälle folgten in immer kürzeren Abständen aufeinander und waren sehr heftig. Mama war nur noch ein schweißgebadeter Körper, der zitterte und wimmerte.

Der Heilige Geist hatte das Vertrauen verloren.

»Wir haben einen Fehler gemacht, Felix. Wir hätten sie ins Krankenhaus bringen sollen. Hier ... hier ...«

Er beendete seine Sätze nicht mehr, was mich in Panik versetzte.

Der Heiler redete weiterhin mit Mama, sprach Zauberformeln und zwang sie, das Totem zu befühlen. Als die Sonne unterging, bat er uns, selbst Feuer zu machen und zu kochen, er wolle Mama nicht allein lassen.

Mein Vater und ich, wir machten kein Hehl mehr aus unseren Gefühlen; die Verzweiflung stand uns ins von den Flammen gerötete Gesicht geschrieben; wir schwiegen, als hätten wir einen Stein im Magen. In den letzten vierundzwanzig Stunden hatten wir uns mit Worten beruhigt, aber die Ereignisse hatten sie widerlegt. Der Aberglaube sorgte dafür, dass pessimistische Äußerungen uns im Hals stecken blieben; würde es ihren Tod nicht beschleunigen, wenn einer von uns sagen würde, dass Mama sterben würde? Unser von Enttäuschungen genährtes Schweigen war bedrückend. Wir waren über die Verzweiflung hinaus.

»Ich werde Papa Loum heute Nacht an Fatous Bett ablösen. Ich bitte dich inständig zu schlafen, Felix.«

Ich protestierte; es schien mir unmöglich, nicht ebenfalls über sie zu wachen, doch der emotionale Druck war so groß, dass ich wegsackte. Ein noch tieferer Schlaf als in der Nacht zuvor, ein Aufenthalt in einer Hochsicherheitszelle, weggeschlossen, isoliert, vollkommen gedämmt. Ich hörte keinen Laut.

Bei Tagesanbruch schreckte ich hoch.

»Mama?«

Ich bemerkte zwei Rücken, den des Heilers und den meines Vaters, am Ufer des Flusses. Der von Mama fehlte.

»Mama!«

Ich hatte gebrüllt.

Sie drehten sich um, während ich zu ihnen ging. Mama lag leblos auf ihren Knien. Ihre bleichen Gesichter waren vollkommen ausdruckslos.

Ich beugte mich über sie.

»Mama, ich bin's, Felix.«

Sie öffnete die Augen. Ein schwaches Lächeln erschien auf ihrer Miene, dann wandte sie das Gesicht zu den Fluten. Ihr Lächeln wurde breiter.

»*Yaye** …«

Ein Laut war über ihre Lippen gekommen. Ebenso entgeistert wie erleichtert wiederholte sie, während sie die Fluten absuchte: »*Yaye* …«

Ich blickte den Heiler an, der so bewegt war, dass er zitterte. Er legte mir einen Zeigefinger auf den Mund, damit ich Mama nicht störte. Mit sanfter

* *Mama* auf Wolof.

Stimme, den Blick auf einen anderen Punkt gerichtet, rief sie: »*Baye**...*«

Ihre Gesichtszüge blühten auf. Sie wirkte vollkommen glücklich.

Der Heiler sprach auf Wolof mit ihr. Ein Wunder: Sie antwortete. Sie begannen zu schnattern wie zwei Elstern. Obwohl immer noch schwach, zitterte Mama nicht mehr und bekam wieder Farbe; ein nicht versiegender Wortschwall brach aus ihr hervor, als versuchte sie in aller Eile, Wochen der Stummheit wettzumachen.

Überwältigt und ehrfürchtig wechselten der Heilige Geist und ich begeistert einen Blick; um uns vollends zu beruhigen, musste Mama nur noch die französische Sprache wiedererlangen.

Nach einer Zeit, die mir sehr lang vorkam, unterbrach sie sich und sah mich an.

»Komm her und küss mich!«

* *Papa* auf Wolof.

Während Mama das magere Huhn verschlang, das der Heilige Geist gegrillt hatte, streckte Archimède mit halb geschlossenen Augen wohlig seinen Rücken und seine Beine in der Sonne, die Schnauze auf dem Boden und den Hintern in der Luft.

»Was macht er da?«, fragte ich sein Herrchen.

»Sein Yoga.«

»Er ist nicht nur Medium, er ist auch Yogi?«

»Genau.«

Papa Loum rieb seine Halsketten und vertraute mir an: »Heute Morgen hat Fatou gesehen, wie ihre Mutter und ihr Vater aus dem Fluss auftauchten und auf dem Wasser trieben.«

»Was?«

»Ein Geist hielt sie gefangen. Als sie starben, hatte er sie im Schlamm festgehalten.«

»Ihr Vater und ihre Mutter unter Wasser? Ich habe nichts bemerkt.«

»Kein Wunder, du sollst ja auch nicht sehen, sondern sie. Wie auch immer, du bist dazu nicht imstande, Felix.«

»Wie das?«

»Du hast dich noch nie über das Unsichtbare gebeugt, oder?«

Ich räumte ein, dass er recht hatte.

Er fuhr fort: »Endlich befreit, haben ihre Eltern ihr verziehen.«

»Was? Hatte Mama etwas Schlimmes getan?«

»In ihren Augen ja. Weil sie vor Wut schäumten, hatten sie ihr diese Krankheit geschickt.«

»Ich verstehe nicht …«

»Nur Fatou kann dir das Massaker erzählen.«

»Das Massaker?«

Ich drehte mich zu ihr um. Satt blickte sie den Heiligen Geist an, der ihr zulächelte. Seit sie aufgewacht war, hatte sie nicht einmal das Wort an ihn gerichtet.

Ich flüsterte Papa Loum zu: »Warum ignoriert sie ihn?«

»Ich glaube, sie ist sauer.«

»Auf ihn?«

»Auf sich.«

Als sie die Mahlzeit beendet hatte, stand Mama

auf, streckte sich, nahm mich an der Hand und sagte: »Komm, ich will dir alles zeigen.«

Der Heiler ermutigte sie, die Augen zusammengekniffen, mit einem Nicken. Er deutete auf den Heiligen Geist mit einer Frage, die ihm deutlich ins Gesicht geschrieben stand: »Und was machst du mit ihm?«

Mama reagierte bockig. Ihre Stirn legte sich in Falten, und ich fürchtete, die Augäpfel würden aus ihren Höhlen treten, so sehr überschlugen sich ihre Gedanken.

Papa Loum flüsterte: »Der Fisch weint auch, aber man sieht seine Tränen nicht.«

Sie atmete durch, beruhigte sich, gewann ihre Selbstachtung zurück und sagte zum Heiligen Geist, als wäre nichts geschehen: »Komm!«

Selig folgte er uns.

Wir verließen unser Wäldchen und liefen in der Sonne, die vom Himmel brannte und die Landschaft versengte. Mehr von Gestrüpp als von Gras bedeckt, bot die endlose, ausweglose Savanne uns hundert glühend heiße Wege.

»*Gouye**! Das ist er!«

Sie deutete mit dem Finger auf einen riesigen, massiven, bauchigen Affenbrotbaum, ebenso hoch wie breit und so mächtig, dass man den Eindruck hatte, er sei vor mehreren tausend Jahren von Titanen auf diese rotbraune Erde gesetzt worden. Die gewaltige Basis, die aus mehreren miteinander verbundenen Stämmen bestand, endete in einer Krone aus unregelmäßigen blätterlosen Ästen, die das Blau aufsaugten, als würde der Baum, umgekehrt aufgestellt, seine Wurzeln in den Himmel tauchen.

Aus der Ferne glänzte die silbrige Rinde; als wir ihn jedoch erreicht hatten, begnügte sie sich damit, glatte Fasern aneinanderzureihen. Beim Berühren stellte ich fest, dass das weiche, zarte Holz die Spur des Nagels bewahrte, den ich darüberwandern ließ.

Mama umarmte den Stamm, schmiegte sich an ihn, streichelte und beschnupperte ihn.

»Im Senegal nennt man den Affenbrotbaum

---

* *Affenbrotbaum* auf Wolof.

Baum des Lebens, weil er von den Wurzeln über die Samen bis hin zu den Blüten heilkräftige Nahrung liefert. Für mich verkörpert er noch mehr: Dieser Baum hat mir das Leben gerettet.«

Mama forderte uns auf, uns zu setzen. Sie selbst blieb stehen, während sie erzählte.

Sie war fünfzehn und lebte im Dorf in der Nähe des Affenbrotbaums. Ein Teil ihrer Familie kam aus Mauretanien, ein anderer aus dem Senegal, aber die Vermischung dauerte schon so viele Jahrhunderte an, dass niemand – Eltern, Großeltern, Onkel, Tanten, Cousins und Cousinen – wusste, welcher Heimat er genau angehörte. Und das war ihnen auch egal. Für sie gab es zwar zwei Nationen: Senegal und Mauretanien, aber nur ein Land: dasjenige des Flusses. Obwohl der Wasserlauf zwei Ufer trennte, die verschiedenen Regierungen unterstanden, schien die Grenze für die Generationen von Männern und Frauen, die am Fluss lebten, in ihm badeten und ihn überquerten, etwas Abstraktes zu sein. Was ist schon eine Grenze, die man mit einem treibenden Stamm überschreiten kann?

Fatou, die Letzte einer liebevollen Familie, wuchs mit ihren Eltern, ihren vier Brüdern und ihren drei Schwestern auf. Ihr Vater, der aus Mauretanien stammte, trieb Handel mit den Senegalesen. Ihre Mutter, die aus einer senegalesischen Familie von Bauern kam, baute Salat und Gemüse auf einem Stück Land an, dessen Erde dank der Anschwemmungen des Flusses fruchtbar war. Fatou, die Jüngste, die von ihren Geschwistern verhätschelt wurde, las für ihr Leben gern; ihr Vater brachte ihr daher von seinen zahlreichen Reisen Bücher mit, um ihren Lesehunger zu stillen. Sich nach Ruhe sehnend, hatte sie die Gewohnheit angenommen, auf diesen Affenbrotbaum zu klettern, der fünf Meter über dem Boden einen natürlichen Hohlraum aufwies, eine Art poröses Wiegenbett, in das sie sich kuschelte und das sie unsichtbar machte. Dort verbrachte sie ganze Tage mit Agatha Christie, Gaston Leroux, Maurice Leblanc, Jules Verne, Henri Troyat oder Alexandre Dumas.

Im April 1989 kam es zu Konflikten am Fluss. Zuerst schien es sich um banale Auseinandersetzungen zwischen Sesshaften und Reisenden, Bauern und Händlern zu handeln, wie sie jedes Jahr vorkamen. Aber der Konflikt weitete sich aus und lief aus dem Ruder. Jedes Land fand Gründe, ihn hochzuspielen: Manche Mauren in Mauretanien wollten die schwarzen Populationen senegalesischer Herkunft loswerden; senegalesische Politiker, die nach zwanzig Jahren Dürre mit einer Wirtschaftskrise zu kämpfen hatten, gossen Öl ins Feuer, um das Denken der Bürger in eine andere Richtung zu lenken und die Nation wieder zusammenzuschweißen.

Es kam zu Gewalttätigkeiten. Es war eine blinde, heftige, tödliche Gewalt, die weitere Gewalt erzeugte. Auf jeder Seite des Flusses stürzten sich die »Einheimischen« auf die »Ausländer« auf Kosten jeder Differenzierung und jeder Wahrheit.

Eines Morgens tauchte eine Miliz überreizter Kerle im Dorf unserer Familie auf, fest entschlossen, die zu töten, die für sie »vom anderen Ufer« waren. An dem Tag hatte Fatou es sich auf ihrem Baum bequem gemacht, um zu lesen.

»Am Anfang hatte ich nicht begriffen, was da in der Ferne geschah. Als ich dann die Schüsse hörte und den Rauch sah, der über den Himmel zog, ahnte ich es. Vage. In Wirklichkeit fühlte ich mich wie versteinert, gelähmt. Ich wagte nicht, mir einzugestehen, dass da etwas Grauenhaftes geschah, dass man meine Mutter, meinen Vater, meine Brüder und meine Schwestern ermordete. Ich empfand Panik, und zugleich verdrängte ich diese Vorahnung. Zu absurd, unmöglich ... Wer würde so grausame Taten begehen? Meine Lektüren hatten meine Vorstellungskraft überreizt! Ich hielt es nicht für ausgeschlossen, dass ich mir diese Schüsse, Schreie, Flammen einbildete. Ich blieb bis zum Abend niedergeschlagen in der Höhle meines Baums. Als es dunkel wurde, kehrte ich ins Dorf zurück. Am Dorfrand wurde mir klar, dass es kein Albtraum gewesen war. Asche ... Glut ... Leichen ... Als ich mich mit Herzklopfen in panischer Angst unserem Haus – dem verkohlten Haufen, der sich an seiner Stelle befand – nähern wollte, tauchte ein Mann vor mir auf. ›Fatou‹, flüsterte er, ›geh nicht weiter, sie dürfen dir nicht begegnen.‹ Ohne meine Reaktion abzuwarten, drückte er mir die Hand auf den Mund, hob mich hoch und sperrte mich bei sich zu Hause ein. Ich begriff nicht sofort, wovor er mich bewahrt hatte. Hätte er nicht eingegriffen, hätten die Milizionäre, die damit beschäftigt waren, die Leichen zu stapeln, mich erschossen, da sie genau wussten, wer zu welcher Familie gehörte. Sie wohnten im Dorf, meine Eltern hatten sich mit ihnen unterhalten, mit ihnen getrunken, mit ihnen gegessen und bei unseren großen Festen mit ihnen getanzt. Meine Brüder und Schwestern ebenfalls.«

Mama wandte sich direkt an mich.

»Der Mann, der mich gerettet hat, war Bamba.«

»Bamba?«

»Ich bin von einem Baum und von Bamba gerettet worden. Deswegen habe ich ihn immer als meinen Bruder betrachtet.«

Trotz der Gräuel, von denen Mama berichtete, atmete ich innerlich auf. Bamba entpuppte sich als großzügiger, mutiger Mensch, dem ich Mamas Leben verdankte. Es war richtig gewesen, ihn von

Anfang an zu lieben. Und niemandem von seinem Diebstahl zu erzählen …

»Bamba ging ein wahnsinniges Risiko ein, als er mich versteckte. Hätten die Milizionäre in der Hysterie dieses Augenblicks entdeckt, was er getan hat, hätten sie ihn wegen Verrats erschossen. Tagelang ist er mir eine Stütze gewesen und hat mir Halt gegeben, hat mein Schluchzen in seinen Armen erstickt und meine Tränen mit seiner Tunika getrocknet und dabei seine Familie belogen und der Gefahr heroisch getrotzt, ohne es zu merken. In einer weniger tumultreichen Nacht sind wir geflohen. Wir sind eine Woche zu Fuß nach Dakar gegangen. Dort hat Bamba mit mir bei einem Cousin Zuflucht gesucht. Ich habe wieder ein wenig Vertrauen gefasst. Sobald die Gelegenheit sich bot, hat er mich in ein Flugzeug nach Paris gesetzt, wo sein Cousin arbeitete.«

Sie massierte sich die Knöchel und fand die Kraft, uns zuzulächeln, dem Heiligen Geist und mir.

»Das Folgende kennt ihr, weil ihr dabei wart.«

Wir schwiegen lange.

Mama fügte hinzu: »Ach, ich vergaß. Bamba hat mir Geld gegeben, um in Paris Fuß zu fassen. Er behauptete, er habe die Ersparnisse meiner Eltern gefunden, die in den Trümmern unseres in Schutt und Asche gelegten Hauses versteckt gewesen seien. Der gute Bamba! Ich habe nie erfahren, ob es stimmte …«

An den folgenden Tagen bemühte sich Papa Loum, Mamas Genesung voranzutreiben. Er wünschte, dass wir am Fluss blieben.

Sie und er setzten sich ans Wasser, unterhielten sich und teilten ein heilsames Schweigen. Ich betrachtete die fischmäuligen Einbäume, beobachtete die gezierten Posen der grauen Reiher und bewunderte den Flug der rosa Flamingos. Der Heilige Geist lernte, wenn er nicht gerade unter einem Baum in seiner Bibel blätterte, Wolof, indem er sich mit dem Fährmann, den Fischern, den Viehhirten, den Nomaden, den Händlern und den Schmugglern unterhielt. Wenn man ihm abends zuhörte, wie er von seinen Begegnungen erzählte, fühlte man sich an diesem scheinbar wilden Ufer wie auf einem Pariser Boulevard.

Der Heiler gab Mama regelmäßig das Totem und befahl ihr, es zu ehren. Einmal hörte ich zufällig ihr Gespräch mit.

»Nimm dein Totem an, bitte es, dich anzunehmen. Es ist der Löwe. Von ihm hast du den Stolz, die Heißblütigkeit, die Vorliebe für Fleisch geerbt, aber du musst dir sein Verantwortungsgefühl zu eigen machen. Damit man ihn als ›König‹ eines Reviers respektiert, verteidigt der Löwe es gegen die anderen Raubtiere und beschützt seine Familie. Er kommt seinen Pflichten nach. Du hattest dein Königreich, deine Verpflichtungen, deine Vorfahren vergessen.«

Mama schniefte beschämt.

Papa Loum legte noch nach.

»Schlimmer noch, du hast deine jetzige Familie vernachlässigt. Zuallererst deinen Kleinen …«

»Oh, mein geliebter Felix«, flüsterte Mama, den Tränen nahe.

»Und dann deinen Mann.«

Sie verkrampfte sich und unterbrach ihr Gejammer.

Papa Loum ließ nicht locker, wenig beeindruckt von ihrer plötzlichen Distanz.

»Trag ruhig die Nase hoch, plustere dich auf, spiel die Gleichgültige.«

»Ich bin frei.«

»Um frei zu sein, musst du wissen, warum du handelst, wie du handelst. Aber du weißt es nicht.«

»Wie bitte?«

»Du weigerst dich, dich auf einen Mann einzulassen. Warum?«

»Meine Freiheit.«

»Deine Freiheit ist kein Ziel, sondern ein Mittel, das Mittel, man selbst zu sein. Warum willst du dich nicht binden?«

»Ich …«

»Einst bist du dank deiner Unabhängigkeit dem Gemetzel entkommen. Wenn du dich nicht auf dem Affenbrotbaum versteckt hättest, um zu lesen, wärst du mit deiner Familie erschossen worden. Deswegen redest du dir ein, dass du, wenn du allein bleibst, dich an niemanden bindest und alles und jeden dominierst, die Gefahren überwinden wirst.«

»Vielleicht«, sagte Mama zitternd.

»Vielleicht, aber nicht bestimmt. Fatou, du hast einen guten Erzeuger für deinen Sohn gewählt, bravo. Du unterschätzt deine Wahl: Dieser Erzeuger ist ein guter Ehemann und ein guter Vater.«

»Ach?«, rief meine Mutter und wich zurück, bereit, das Gespräch abzubrechen.

Der Heiler lächelte.

»Da du den Verstand verloren hattest, hat er sich sowohl um Felix als auch um dich gekümmert. Um seinen Sohn und seine Dulcinea. Ohne die Reise, die er organisiert hat, hättest du diese Welt verlassen und würdest im Limbus umherirren. Und Felix würde tief betrübt um dich weinen.«

Sie senkte den Kopf, besiegt. Ihr dichtes zerzaustes Haar erinnerte an eine Mähne.

»Stolz, ein echter Löwe!«, rief Papa Loum amüsiert und legte ihr den Fetisch in die Hände. »Um Kraft zu bekommen, benutze dein Totem. Die Pflanzen, die Tiere, die Menschen teilen sich die

Lebenskraft. Indem du diese gemeinsame Kraft durch dein Totem anerkennst, stellst du den Kreislauf wieder her und sammelst Kräfte.«

Am letzten Abend übergab er Mama vor dem Heiligen Geist und mir eine Dose.

»In diesem Gefäß ruht die Asche deiner Eltern. Verstreu sie über dem Fluss, während du die heiligen Worte sprichst.«

Mama nahm den Gegenstand vorsichtig entgegen, drückte ihn sich an die Brust und ging allein zum Ufer hinunter. Sie blieb stehen. Vor dem Wasser, das die Dämmerung rosa färbte, sah sie plötzlich wie ein junges Mädchen aus. Sie war fünfzehn. Sie hatte gerade ihre Familie verloren. Und was die Waise damals, als Bamba sie gegen die Gewalt geschützt hatte, nicht hatte tun können, das tat sie jetzt.

Ich hörte ihre reine, nackte, zarte Stimme, die von den friedlichen Fluten zurückgeworfen wurde. Sie sang ein Wiegenlied, eine Musik zum Einschlafen, um die Finsternis zu durchqueren. Ich war sicher, dass ihr Vater, ihre Mutter, ihre Brüder und ihre Schwestern sie in den Binsen oder anderswo ebenso hörten wie ich. Anfangs schüchtern, gewann der Gesang an Sicherheit, voller Wärme, Liebe, Vertrauen. Beim letzten Refrain war aus der zitternden Waise die Erwachsene geworden; sie wurde zur Mutter der Ihren.

Sie hielt die Dose lange an ihre Brust gedrückt, unentschlossen, sich von dem zu trennen, was ihr von ihren Eltern geblieben war; dann hob sie den Deckel, und die grauen Partikel wurden von dem leichten Nordwind fortgeweht.

Ich beugte mich zum Heiler und fragte: »Ist das wirklich ihre Asche?«

»Ich weiß es nicht, Felix. Vielleicht ja … vielleicht nein … Das Wesentliche ist das Ritual. Worauf es ankommt, ist, dass deine Mutter die Verwandlung der Ihren in Tote vollzieht. Dass sie sie der Natur zurückgibt. Dass sie ihnen erlaubt, ihren Weg fortzusetzen. Dass sie ihnen die Präsenz der Abwesenden verleiht. Und dass sie die zarte und friedliche Erinnerung an sie in ihrem Herzen mitnimmt. Von nun an werden ihre Vorfahren in Paris wohnen, bei euch. Von Zeit zu Zeit werdet ihr Sand auf den Fliesen eurer Küche verteilen, um ihnen eine Streu zu bereiten. Die Rituale dienen dazu, dem Geist Fleisch zu geben.«

»Aber immer vorausgesetzt, Sie haben ihr die richtige Asche gegeben!«

»Hör mit dem Unsinn auf«, sagte der Heiler empört. »Die Gegenstände haben nur dann Eigenschaften, wenn du ihnen welche zuschreibst. Das Stück Ebenholz zum Beispiel, das ich dir geschenkt habe und das dir hilft zu schlafen …«

»Hm? Hast du mich mit der Coué-Methode getäuscht?«

»Der was?«

»Coué! Der Coué-Methode. Sich selbst zu überzeugen.«

»Nein. Dein Glaube weckt und befreit die Eigenschaften der Dinge. Durch den Glauben erreichst du eine Ebene, die sich vom Universum unterscheidet. Du dringst tiefer in sie ein. Du gelangst zur unsichtbaren Quelle.«

Er warf seine Umhängetasche auf den Boden. Verschiedene Gegenstände aus Holz, aus Elfenbein, aus Horn und aus Leder verteilten sich im Gestrüpp. Er schimpfte: »Ich hab die Nase voll von diesen Dingern! Den Sag-mir-ja. Den Reib-reib. Den Komm-zu-mir-zurück. Nichts als Hilfsmittel, um die Patienten zu konzentrieren, Sprungbretter, um in die andere Dimension zu gelangen. Ich würde mich gern von ihnen befreien. Je mehr du diese Werkzeuge benutzt, desto weniger benutzt du deinen Geist. Aber nur der Geist behandelt den Geist.« Er deutete auf die untergehende Sonne. »Blicke hinter das Sichtbare. Betrachte das Unsichtbare. Suche den Geist, der alles hinter der Erscheinung erscheinen lässt. Und nähre dich von der Kraft der Welt, die ihr zugrunde liegt. Die unsichtbare Quelle ist überall, immer dort, wo du dich befindest, und du kannst sie fassen. Derjenige, der genau hinschaut, sieht sie schließlich.«

Er legte seine Finger wie Spinnenbeine um meine Schulter.

»Ihr kehrt nach Paris zurück, ich mache mir Sorgen. Fatou darf keinen Rückfall erleiden. Ich habe nachgedacht. Und deswegen werde ich dir einen Auftrag geben.«

Er kniete sich vor mich hin und enthüllte mir sein Geheimnis.

Epilog

»Wie alt ist Madame Simone?«

»Gar nicht so alt«, sagte Mama schelmisch.

Madame Simone ließ einen wohlwollenden Blick über ihre ehemaligen Kollegen wandern, denen Mama Champagner servierte. Jetzt, da sie keine Rivalen mehr waren, schätzte Madame Simone die Gesellschaft der Brasilianerinnen, die im Bois de Boulogne auf den Strich gingen, und betrachtete Yolanda, Flavia, Carla, Isadora und Beatriz als Freundinnen. Sobald die Transvestiten ins Bistro schneiten, verwandelten sie es in eine amazonische Voliere voller bunter Vögel, Sittiche, Stelzvögel, Papageien, die sie mit einer Kakofonie aus Gelächter, Schreien, Scherzen und Rufen erfüllten.

Während unserer Reise in den Senegal hatte Madame Simone unsere Gäste zurückerobert und neue hinzugewonnen. Zur allgemeinen Überraschung hatte sie, die der Gesellschaft früher immer nur das Gesicht einer neurasthenischen Bulldogge gezeigt hatte, sich liebenswürdig und gastfreundlich gezeigt, stets mit einem Lächeln auf den Lippen.

Mama hatte sie angestellt. Wenn man sah, wie sie von Gast zu Gast eilten, das Glas, das die eine herausgeholt hatte, mit Alkohol füllten, den Satz der anderen beendeten, dachte man, sie wären seit Jahren Partnerinnen.

Ich schlich zu Mama und flüsterte ihr ins Ohr: »Machst du mit mir eine kleine Spritztour nach Afrika?«

»Nachher, Felix, ich beende vorher noch meine Arbeit.«

»Hoch und heilig versprochen?«

»Gab es schon mal einen Abend, an dem ich nicht mit dir in Afrika war?«

Ich schüttelte stumm den Kopf; sie ahnte bestimmt nicht, was ich dem Heiler versprochen hatte. Selbst wenn Mama voller Lebenslust war und obwohl diese Lebensfreude all ihre Handlungen prägte, wusste ich, wie gefährdet ihr seelisches Gleichgewicht war.

Der Heilige Geist betrat makellos in einem cremefarbenen Anzug das Café. Die aufgedrehten Transvestiten begannen zu pfeifen.

»*Que gato!*«

»*Minha Santa Maria de Jesus, me dê força!*«*

»Beruhigt euch, Mädchen«, schimpfte Madame Simone. »Eigentum von Fatou.«

Mama meuterte, als hätte man sie mit spitzen Fingernägeln gekratzt.

»Absolut nicht! Er gehört mir nicht.«

Das Lächeln des Heiligen Geists erstarrte, der Glanz in seinen Augen erlosch.

»Dann leihst du ihn uns also, *oi linda***?«, rief Isadora.

Mama machte einen Satz, als wollte sie die Bra-

---

* »Was für ein attraktiver Mann!« – »Meine heilige Maria von Jesus, gib mir Kraft.«
** »Meine Hübsche.«

silianerin ohrfeigen. Doch dann besann sie sich, zog den Kopf ein und murmelte: »Er macht, was er will.«

»Dann frag ihn doch, was er will!«, sagte Madame Simone, die Mamas ungebändigten Charakter ganz gut zu bändigen wusste.

Der Heilige Geist näherte sich und reichte Mama einen Strauß Rosen, den er hinter seinem Rücken versteckt hatte. Sie errötete, senkte den Kopf und nahm ihn bescheiden, zitternd, gerührt an.

Meine Eltern raspelten Süßholz. Zwölf Jahre nach meiner Geburt flirteten sie verschämt, verlegen und mit jugendlichen Wutanfällen und umschlichen einander, ohne sich allzu sehr vorzuwagen, darauf wartend, dass der andere einen Vorstoß wagte. Das löste ein eigenartiges Gefühl in mir aus: Ich bezweifelte, dass meine Eltern locker genug wären, um endlich miteinander zu schlafen.

Er schlug ihr einen Kinoabend vor. Sie blickte ihn misstrauisch an, als hätte er sie ins Bordell eingeladen.

»Und was willst du anschauen?«

Er zählte die zahlreichen Filme auf, die ihn interessierten, darauf vorbereitet, sie entscheiden zu lassen.

»Einverstanden, die 22-Uhr-Vorstellung. Vorher gehe ich mit Felix in Afrika spazieren.«

Ihre Antwort zeigte deutlich, dass der Film ihr ebenso wie ihm herzlich egal war, da sie keinen gewählt hatte; sie wollte einfach nur neben ihm sitzen, sich an seinem Geruch berauschen, seinen Arm und seinen Schenkel berühren.

Während Mama uns rasch etwas zu essen machte, kommentierte Monsieur Sophronides die politische Aktualität, ohne dass ihm wie üblich jemand zuhörte, außer Isadora, einen Meter neunzig groß, platinblond, mit granatenförmigen Brüsten, die stets die Thesen der extremen Rechten vertrat und die Diskussionen mit unserem Philosophen sehr schätzte.

Im Hintergrund maßen Schneeweißchen und Rosenrot mit verschränkten Händen und die Ellbogen fest aufgestützt ihre Kräfte mit Mademoiselle

Tran im Armdrücken. Unter piepsigen Anfeuerungen von Monsieur, ihrem Pudel, gelang es der Eurasierin konzentriert, beherzt und mit geweiteten Nasenlöchern, trotz ihrer dünnen Ärmchen diejenigen der korpulenten Lesben niederzuzwingen, die immerhin so breit wie Oberschenkel waren. Unglaubliche Mademoiselle Tran. Bereits am Tag zuvor hatte sie einen Wettkampf gewonnen, den im Saketrinken; sie hatte am längsten durchgehalten und war als Letzte über den Körpern von Schneeweißchen und Rosenrot zusammengebrochen, die ins Koma gefallen waren. Jeden Tag forderten diese drei sich heraus. Ich vermied es, daran teilzunehmen … Ich mag keine Mädchenspiele.

Ich ging zu Robert Larousse, der verhutzelt auf seinem Stuhl saß. Trotz seiner Magerkeit trug er einen kleinen Bauch vor sich her, rund wie ein Ball.

»Sie wirken niedergeschlagen, Monsieur Larousse.«

Er fuhr sich mit seinen langen, schmalen Fingern durchs schüttere Haar.

»Ich habe eine Sünde begangen, Felix. Eine nicht

entschuldbare Tat. Ich habe mir die letzte Seite des Wörterbuchs angesehen.«

»Sie?«

»Ja.«

Er senkte die Stimme.

»Weißt du, welches das letzte Wort ist?«

»Nein.«

»Zzzz.«

»Wie bitte?«

»›Zzzz: ein lautmalerisches Wort, das ein anhaltendes, leicht vibrierendes Geräusch bezeichnet (Summen eines Insekts, Geräusch eines Peitschenschlags, Schnarchen, Pfeifen eines Schläfers).‹«

»Ah, klar, dass man nach einem solchen Buch einpennt!«, rief Madame Simone, die ihm sein Glas Beaujolais brachte.

Er zuckte zusammen und war sprachlos. Was Madame Simone zu sagen erlaubte, während sie mit dem Lappen den Tisch wischte: »Das ist blöd, jetzt, wo Sie das Ende kennen.«

Sobald sie weg war, tupfte er sich die Schläfen mit einem riesigen Taschentuch ab.

»Was für eine Enttäuschung! All diese Arbeit dafür … Ich habe eine schlimme Vorahnung.«

»Was denn?«

»Ich werde mich langweilen … Wie soll ich die kommenden Jahre ausfüllen?«

Plötzlich erleuchtet, holte ich aus meinem Schulranzen ein Dokument, das die Buchhandlung in der Rue Jourdain mir anlässlich meiner Käufe für die Schule mitgegeben hatte.

»Hier. Das ist der Katalog der Pléiade, einer unvergleichlichen Sammlung, die die wichtigsten Schriftsteller der Menschheit präsentiert, von der Antike bis heute. Die absolute Referenz. Der Bestand dessen, was ein gebildeter Zweibeiner verschlungen haben muss.«

»Ist das chronologisch?«, erkundigte er sich mit misstrauischer Miene.

Er schlug das Heft auf. Sein ausgemergeltes Gesicht leuchtete auf vor Begeisterung.

»Das ist ja alphabetisch! Wie herrlich! Ich werde mit Alain, Andersen, Anouilh, Apollinaire anfangen.«

Er errötete.

»Eines Tages … eines Tages …«

Er sah mich gerührt an.

»Danke, Felix. Du gibst meinem Leben wieder Sinn. Sobald ich mit dem Wörterbuch fertig bin, werde mit der Pléiade anfangen, in alphabetischer Reihenfolge.« Und aus Höflichkeit fügte er hinzu: »Hast du den einen oder anderen Band gelesen?«

»Zola.«

Er schüttelte betrübt den Kopf; er hatte rasch nachgerechnet und bezweifelte, dass er es vor seinem Tod schaffen würde, doch ein paar Sekunden später murmelte er mit trübem Blick: »Na ja, wer weiß?«

Mama tätschelte mir die Schulter.

»Gehen wir, Felix.«

Nachdem wir einen Croque Monsieur – das Lieblingsgericht der Brasilianerinnen – verschlungen hatten, wobei wir darauf geachtet hatten, Krümel auf den Fliesen zurückzulassen, um unsere Ahnen zu ernähren, gingen wir zur Tür. Mama teilte dem Heiligen Geist mit, dass sie nach ihrem Ausflug mit mir hierher zurückkommen würde; auf der Schwelle rief sie ihrer Partnerin zu: »Du machst den Laden zu, Simone?«

»Um 20 Uhr.«

»20 Uhr? Warum so früh?«

Madame Simone drehte sich unwirsch um, ihr Gesicht verfinsterte sich, und sie sagte gleichgültig: »Bamba kommt aus Dakar zurück.«

Schweigen folgte dieser Erklärung. Selbst die Brasilianerinnen hörten auf zu schnattern. Auf keinen Fall eine Frage stellen, wenn man nicht eine Atomexplosion auslösen wollte. Kalter Krieg. *Status quo*. Man durfte Madame Simone niemals über Bamba ausfragen – und Bamba nicht über Madame Simone.

Alles, was wir wussten, war, dass Bamba, nachdem er aus unserer Wohnung geflohen war, bei Madame Simone Zuflucht gesucht hatte. Seitdem lebten sie zusammen. Und wieder durfte man den Worten nicht trauen: zusammenleben … Wir wussten nichts über die Art ihrer Beziehung. Waren sie Freunde? Ein Liebespaar? Hatte Bamba das

eigentliche Geschlecht von Madame Simone entdeckt? Großes Geheimnis.

Beide waren weiterhin charmant, offen, reizend
uns gegenüber, aber es war verboten, über ihr Zusammenleben zu sprechen, wenn man nicht das
Einfrieren der diplomatischen Beziehungen riskieren wollte. Onkel Bamba, herausgeputzt wie ein
Lord, reiste immer häufiger nach Dakar unter dem
Vorwand, sein Bizness-bizness zu entwickeln, und
als ich das Bistro verließ, bemerkte ich, dass Madame Simone die Farbe ihres Lippenstifts gewech-
selt hatte, um ihn zu empfangen.

Wir setzten uns oben auf der Butte Montmartre
hin. Paris lag zu unseren Füßen. Wie jeden Abend
machten wir die von Papa Loum verlangte »Afrika-
Übung«.

Als wir zurückgekommen waren, hatte ich schnell
bemerkt, dass ihn sein Gefühl nicht getrogen hatte:
Paris wird vom Nichts aufgefressen. Die Bäume haben die Farbe des Asphalts angenommen, der Asphalt hat die Farbe der Steine angenommen, und die
Steine haben die Farbe der Langeweile angenom-

men. Die Erde ist zu lange gereinigt, umgegraben, keimfrei gemacht und mit Chlorwasser behandelt worden, sie ist unfruchtbar geworden und erstickt unter dem Pflaster und dem Asphalt. In den Spalten der Bürgersteige ist für den Humus kein Platz zum Atmen mehr, kein Moos in den Fugen, nur Dreck. Der Wind kann nicht mehr frei wehen, er wird von den Mauern daran gehindert; im Senegal schwillt er an, pfeift, röchelt, hier hat man ihn ins Gefängnis gesteckt. Wie soll man in dieser zivilisierten Umgebung überleben, in der es keine Hundstage, keine wilden Vögel, keine durstigen Raubkatzen, keine hartnäckigen Insekten und keine Angst vor den Geistern der Nacht gibt? Ohne Verehrung und Schreckensherrschaft der Sonne? Ohne Warten auf Regen? Ohne panische Angst vor den Tieren? Ohne das Nachbardorf zu fürchten? Wo ist der Gepard? Wo ist der Glutofen? Wo verstecken sich die Dämonen? Wo tauchen die Geister auf?

Ich begriff, dass Mama Gefahr lief, einen Rückfall zu bekommen in dieser Stadt, die die Natur ermordet hat, die auch die Toten getötet hat, denn in

Paris sind sogar die Toten tot. Papa Loum und Archimède, sein mystischer Hund, hatten recht: Man muss methodisch vorgehen, wenn man das Rationale wieder irrational machen will.

Nachdem wir das Café verlassen hatten, machten wir uns zuerst die Füße nass. Eine Idee von Mama, ich gebe es zu, die sich eines Sonntags gegrämt hatte, dass unsere Schritte keine Spuren auf den Bürgersteigen hinterließen.

»Unerträglich, Felix! Wir sind der Stadt vollkommen egal. Sie hinterlässt keinerlei Spuren von unseren Wegen. Das hat etwas von Zurückweisung, von Verachtung. Nichts. Als wären wir nicht da.«

Also nehmen wir eine Flasche mit – *die Fußflasche* –, mit der wir die Haut unserer Zehen und unserer Fersen anfeuchten, wenn schönes Wetter ist, und unsere Kreppsohlen, wenn es kühler wird. Was für eine Wonne, wenn wir uns umdrehen und unsere leichten Fußabdrücke sehen, die im Zickzack verlaufen, mal nebeneinander, mal sich verschlingend, bevor sie sich verflüchtigen und ihren Reigen in der Luft fortsetzen.

Ich ermutige Mama, den Dingen neue Namen zu geben, um ihre Seele zu enthüllen. Auf diese Weise hatte sie die Bäume *die Bittsteller* genannt, weil sie ihre Äste in den Himmel strecken, um um Wasser zu bitten, und ihre Wurzeln in die Erde versenken, um um Nahrung zu betteln.

»Sie führen kein einfaches Leben, die Bittsteller. Schlimmer als eine Topfpflanze, mit diesem Asphalt, der den Boden erstickt, und dieser Luftverschmutzung, die die Sonne filtert.«

Neulich Abend empfand sie Kummer, als wir über die Champs-Élysées gingen.

»Oje, oje, oje, Felix, schau dir an, was die Beamten im Rathaus den Pflanzen angetan haben! Sie haben sie beschnitten, amputiert, gequält, um die Symmetrie des Boulevards zu bewahren und sie strammstehen zu lassen. Das sind keine *Bittsteller*, sondern *Geschundene*.«

Der Wind heißt jetzt *Universeller Liebhaber*, eine unsichtbare Hand, die liebkost, streichelt, sich anschmiegt, dessen Wirkungen auf den Blättern, den Haaren, den Kleidern erkennbar werden. Und die

Ratten bezeichnet sie als *Wahrsager*, weil diese hellseherischen Weisen die Ereignisse, den Regen, die Hungersnot, die Erdbeben vorhersehen.

»Normal! Sie kennen die Erde besser als wir, die Erde, die, wenn sie an der Oberfläche erstickt, durch die Abwasserkanäle atmet und sich in den Kellern erfrischt.«

Mama zwang mich, Paris zu erschnüffeln, das pfeffrige Paris, das ungeschminkte Paris, das aufgeweichte, aromatische, süßliche Paris, ohne Filter sowohl den Atem der Boulevards als auch die Gärungen der Tunnel, in die sich die Metro stürzt, einzuatmen. Schlechte Gerüche gibt es nicht. Schlecht ist, keine Gerüche mehr zu haben. Die Unermesslichkeit wimmelt bedrohlich oder begeisternd hinter jedem Detail; sie schwitzt, stöhnt, raucht.

»Die Welt schenkt sich dem, der sie betrachtet«, hatte mir der Heiler gesagt. »In dem Augenblick, den du lebst, schlummern Jahrhunderte, Jahrtausende. Der Anschein ist nicht der Anschein des Nichts, sondern der Anschein einer verborgenen Welt.«

An diesem Dezemberabend sind wir wunschlos glücklich. Das Panorama zu unseren Füßen sieht wie ein Feuer aus, aus dem um eine kerzengerade Flamme, den Eiffelturm, Funken schießen. Paris, von einer glücklichen Erregung erfüllt, hat all seinen Schmuck angelegt.

»Da, Felix! Da ist der Mangrovenwald.«

Weihnachten hat die Tropen nach Paris gebracht. Dank Tausender von Lichtgirlanden, die die Straßen mit ihren Ästen bedecken, die Fassaden überziehen und die Dächer zerzausen, findet Mama die weichen Mangrovenbäume der Flussgebiete wieder, deren Lianen herunterfallen und sich verschlingen, um ihrerseits zu Wurzeln zu werden, nimmt sie das Schimmern der Sonne wahr, die durch das Geäst dringt, die Farben der Vögel, die Schwüle und die Fülle. Wir spüren das Summen der Materie, die Häuser bewegen sich, ohne sich zu bewegen, das schwankt, das tanzt, das zittert. Die Energie von Paris breitet sich aus, manifestiert sich, wie in Trance.

»Siehst du die Bièvre?«

Seit einer Woche versuchen wir, die Seele dieses unterirdischen Flusses zu lokalisieren, der weniger sichtbar ist als die Seine, aber trotzdem präsent.

»Konzentrier dich, Felix. Der Geist der Bièvre kommt aus den Kirchen und Kathedralen. Die Alten wählten für ihre heiligen Stätten Quellen, kosmische Löcher, Öffnungen, die zu den Kräften der Tiefe führten. Sie hatten es nicht nur auf Westen oder Osten abgesehen, sie verbanden Erde und Himmel. Schau genauer hin.«

Illusion? Autosuggestion? Ich bemerke eine eigenartige Aura um die Kuppeln und Kirchtürme des Quartier Latin.

»Das ist die Bièvre«, bestätigt Mama.

Wir beobachten nicht nur die Landschaft, sondern auch ihre Spalten. Sie hat ihre Flachheit verloren. Mama betrachtet Paris mit den Augen, mit denen sie die Savanne und den Dschungel betrachtet. Es gibt nur ein Verbot zwischen uns: die Realität auf das Sichtbare zu beschränken. Papa Loum hatte es mir erklärt: »Afrika ist die Fantasie auf Erden. Europa ist die Vernunft auf Erden. Du wirst das Glück kennenlernen, wenn du die Eigenschaft der einen in die andere überträgst.«

Mama bricht in Gelächter aus. Wie schön sie lacht! Jede Fröhlichkeitsperle, die aus ihrer Kehle schießt, kitzelt mein Herz.

»Heute haben wir den Geist der Bièvre aufgespürt. Morgen werden wir den Affenbrotbaum suchen.«

»Die Affenbrotbäume von Paris?«

»Die Orte, an die man sich zum Lesen zurückzieht.«

Mehrere Vorschläge gehen mir bereits durch den Kopf, und ich amüsiere mich schon im Voraus damit; doch es liegt mir am Herzen, ihr meine augenblickliche Sorge mitzuteilen.

»Hast du dich mit dem Notar getroffen, um die Situation des *Büros* zu regeln?«

»Ja. Er hat mir erklärt, welche Schritte zu unternehmen sind, um den Status meines Geschäfts zu normalisieren, um es zu verkaufen oder behalten zu können. Ich weiß also, wie ich mich zu verhalten habe: Ich rühre mich nicht!«

»Wie bitte?«

»Frag deinen Feind um Rat und tu das Gegenteil.«

Zärtlich lehnt sie sich an meine Schulter.

»Erinnerst du dich an meine *Zähleritis*, Felix? Die Zeit, als ich alles gezählt habe? Ich möchte das auf keinen Fall noch einmal durchmachen müssen, dass das Geld und das Zählen so sehr zur Obsession werden, dass es mich zerfrisst; das hätte mich fast umgebracht.«

Sie deutet auf einen ungeordneten Schwarm von Spatzen, die an Sacré-Cœur vorbeifliegen.

»Warum fliegen die Vögel fort? Seriöse Leute werden dir sagen, dass sie den Ort wechseln, nach Nahrung jagen, den Himmel erkunden, kurz lauter nützliche Dinge tun. Wie schrecklich! Nein, die Vögel fliegen, wie sie singen, zum Vergnügen, wegen der Schönheit der Bewegung, der Euphorie des Augenblicks.«

Sie lächelt der ohrenbetäubenden, märchenhaften Stadt zu oder scheint sie vielmehr sinnlich einzusaugen, indem sie ihr Lächeln aufbläht und sie mit geschlossenen Augen in sich aufnimmt und genießt.

»Die Welt gehört denen, die beschlossen haben, nichts zu besitzen.«

Eine wunderbar inspirierende Geschichte für mehr Gelassenheit und Achtsamkeit im Leben

Niklas, Anfang 30, gerade arbeitslos geworden und irgendwie entwurzelt, beschließt eine Auszeit in Andalusien. Dort begegnet er Señor Gonzalez, einem alten Gärtner, der seit Jahrzehnten Gemüse auf natürliche Weise anbaut. Zuerst besucht Niklas den alten Mann hin und wieder, dann hilft er ihm täglich einige Stunden bei der Gartenarbeit. Dabei lernt Niklas nicht nur etwas über den Anbau von Tomaten, sondern vor allem etwas über Gelassenheit, Achtsam- und Genügsamkeit. Señor Gonzalez, sein Wissen und seine Weisheit öffnen Niklas die Augen und helfen ihm, sein Leben neu auszurichten. »Eine Geschichte, die beweist, das die Weisheit im Garten gedeiht.« *ma vie*

PENGUIN VERLAG